リルストーンの白鹿
または
ノーマン家の運命

ウィリアム・ワーズワス
杉野　徹　訳

大阪教育図書

The White Doe of Rylstone;

or

The Fate of the Normans

By William Wordsworth

1815

Front cover page painted by J.Gilbert

Frontispiece by Sir George Baumont

Engraved by J.C, V. Brombley

Subsequent engravings

by H.N.Woods

Translated by Toru Sugino

Published in 2024 by Osaka Kyoiku Tosho Company Limited

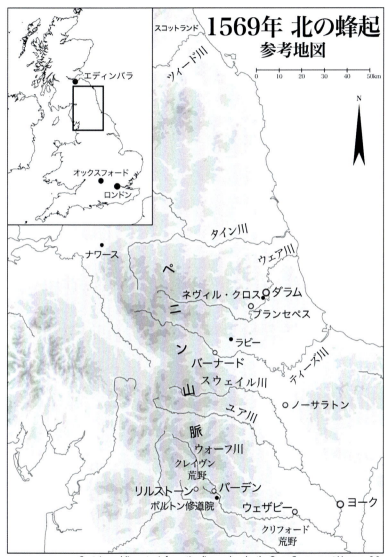

リルストーンの白鹿
または
ノーマン家の運命

The White Doe of Rylstone;
or
The Fate of the Normans

William Wordsworth
杉野 徹 訳

大阪教育図書

広告

一八〇七年夏　私は初めてヨークシャのボルトン修道院の周辺の美しい田舎をおとずれた　そしてその地と縁(ゆかり)のある伝説に基づく白鹿の詩が、その年の暮れに書かれた。

献詩

華やかなバラが群がる格子垣のある小屋で
そして　赤々と燃える暖炉の傍で　メアリ
結婚生活の年月がまるで満ち足りた一日の
ように思えていた頃　僕らはよく一緒に
ユーナ姫が　天界生まれの優しいユーナ姫が　　　　5
心悲しく　悲しい装いで　どんな風に
騎士を捜し　地上をさまよったか
スペンサーの詩を読んだことだろう

ああ　あの時　愛しい妻よ　僕たちは
あの心痛に　そして悲しみの矢に胸を刺され　　　　10
謂れなき苦痛を穏やかに耐えたユーナ姫に
もらい泣きし　滅多に流さぬあの涙が
心地よかった　姫は自身の謙虚な心の象徴
一緒に連れた純白の仔羊そっくりに　穏やかで
また　姫を守り殺害された勇猛なライオン　　　　　15
そっくりに　無垢で　忠実　忠節な姫だった

僕たちは　聖い知恵にみちた言葉と
ぴったり合ったまるで妖精の法螺貝から
聞こえるような旋律を耳にした　そして奔放な
空想はどの美しい奇跡も珍重し　　　　　　　　　　20

さらに繊細などんな霊感をも捉えていたが　やがて
「至福は　死にゆく人間のもとにはとどまれない」と
あるように僕たちは悲しい変化を経験し　歓びと悲哀が
どう密接に絡みあっているかを　この田舎家で味わった

僕たちは　その物語をそれ以上読めず　　　　　　　25
韻律(メロディ)の声も黙してしまった
しかし　やわらかな風が　鬱陶しい雪を
解かし　臆病な草の葉を芽吹かせるように
天上の息吹きは　他愛無い空想の
野花から　思いがけない実が　　　　　　　　　　　30
喜びと穏やかな果肉の美しい実が
生ずると恰好の約束を確かに与えてくれた

僕たちは　不思議な魔法で起きた事件を
また　心揺さぶらんばかりの苦悶には
およばぬ密かに心乱れる悲話を　また　それから　　35
色々と読みだし　心が和み　気も紛れた
それから　ふたたび　ユーナ姫が愛しい
騎士のため 味わった苦しみすべてに
与ろうと　冷静で穏やかなユーナ姫と
丘を高く越え　谷間を低く下って　旅をした　　　　40

だから　僕の「歌」もまた気に入ってもらえよう

この歌は高みに昇り下は獣にまで向けられる愛で
眠れぬ夜の夢のような不思議な苦悶が
宥(なだ)められ　和らげられる歌なのだから
また照りつける太陽から　そして　吹きつける強風から　　　45
森の樹々が　下等な動物を ― なんと美しい動物だろう ―
守り　天が愛を注ぎ　穏やかな罪なき命を
与えている動物への愛で　苦悶が和む歌なのだから

この悲劇の物語は　僕たちを元気にさせた
この悲劇はゆるがぬ安らぎを手にする女性の忍耐を　　　50
それに良心が求め　明るく　励みになる手本が
見せる褒美を　語っているのだから
これらはひろい国中に嵐が吹き荒れる時に必要で
人生の日々の苦悩のさなかに必要なもの
だから　幸せな時をさらに聖なる幸せで祝福しようとする者に　55
そぐわぬでもない必要なものを　語っているのだから

詩の目的を軽薄な一時の楽しみとする者は
詩神を誤解した　不出来な臣従
おお　詩神がさずけるあの壮大な命令を
熱い思いの空しいまでの願いを　　　60
僕の心が　叶えられますように
そして　この教訓詩に　いとしい妻よ　『妖精の女王』が
そなたのやさしい胸に　もたらしたような慰めを

広告・献詩

与える力が　宿っていますように

　　　　ウェストモアランド、　ライダル・マウント
　　　　　　　一八一五年　四月二〇日

「動作は一時的なもの　ただの一挙手一投足
あれこれ動く　筋肉の動き
それが終わると　その後の虚しさに　まるで
諂られた者のように　わが身を顧み　不思議に思う
一方　苦悩は果てしなく　曖昧で　お先真っ暗　　　　　　5
そして　永遠の性格を帯びている
だが　その闇（果てしなく払いのけられないように
思えるが）の向こうには恩寵の窓が開いている
それにより　魂は　忍耐強い思慮を重ね
あるときは悩み　あるときは祈りの翼に乗り　　　　　10
希望をもって過ごし　死の縄目からまだ
解放されていないとしても　確かに上昇し
聖なる平安の源泉まで昇ることができるのだ」

　「神を否定する人々は、人間の高潔さを台無しにする。というのは、たしかに人間は動物と肉体は似通っている。そして精神が神に似通っていないなら、人間は下等で卑しい生きものでしかない。それは同様に、人間性の雅量、本質の向上を台無しにする。たとえば犬を例に考えてみれば、犬にとっ

て、神の代わり、というか、いっそう高い性質をもつ人間に養われていると犬が気づいたとき、どんな高貴さと勇気を身につけるようになるか注意して見るとよい。そのような勇気は、明らかに、犬以上のよい性質の者が傍にいるという確信がなければ獲得しえない類の勇気である。だから人間は神の保護と恩寵のもとに安らぐ確信をもつとき、人間の本質だけでは手にできないような力と信念と身につける。」

　　　　　　　　　　　　　　　　　ベーコン卿

目　次

広告	i
献詩	ii
第一巻	1
第二巻	17
第三巻	29
第四巻	45
第五巻	55
第六巻	65
第七巻	75
原・訳註	93
あとがき	129
訳者紹介	139

第一巻

ボルトンの古い修道院の鐘楼から
嬉し気に勢いよく　鐘が大きく鳴り響き
太陽はまぶしく輝き　野原は
肩掛け　上着　頭巾　スカーフと
一張羅の人々で　華やかに彩られ　　　　　　　5
人目につかぬ下の方の谷間を流れる
澄んだウォーフ川の岸辺を　みな
聖なる鐘の招きに　列をなしていく
荒野の上の辺りには　ほら
娘たちや若い牧夫の元気な　　　　　　　　　10
群れのなんと快活なことだろう

花咲くエニシダを行く家畜のように
険しい丘をお構いなしに下って行く
小道があろうがなかろうが　誰一人構わず
陽気な気分で　こうしてボルトンの　　　　　　　　　15
崩れかかった修道院に　みな　急ぐ

あの者たちはそこで何をする気なのだろう
丸五〇年もの間　あの豪華な聖堂は
僧侶らみなと　非道と荒廃の憂き目を
味わい　過酷な運命を負ってきた　　　　　　　　　20
聖堂の庭は荒れ放題　だが　鐘楼は
ミサに　または　何かの厳かな
礼典に　誘った昔ながらの音色と
威厳を響かせて　建っている

そして崩れた建物の中央に　　　　　　　　　　　　25
一か所荒らされてない場所がある　それは
野鳥の巣のように　びっしりと
木に覆われ　小ぎれいな装いの礼拝堂
そこに老いも若きも　安息日の今日
讃美と祈祷をささげようと　出向くのだ　　　　　　30

すぐに墓地は人であふれるが　やがて
ほら　みんな　いなくなる
ポーチの周りの人の群れ　それに修道院の

樫の木陰に座っていた人たちが
姿を消したと思うと　まもなく　　　　　　　　　35
礼拝の最初の参入聖歌が聞こえてくる
心をひとつに　みな高らかな声で
御堂をみたし　喜びにみち
心から賛美をささげ　歌っている
というのも　今は情熱の日の出の時　　　　　　40
純粋な信仰の春の盛り
偉大なエリザベス女王の絶頂期

一瞬　熱き響きが終わり
辺り一面　静まりかえる
司祭が　さらに声を落として　　　　　　　　　45
聖なる典礼文を朗誦していると
唯一　聞こえる響きは近くを
流れる川のせせらぎだけ
その時　そっと　薄暗い木々の間を
何の生き物も見えない広々とした　　　　　　　50
草地の道を　向こうの門を抜け
墓地に誰もが入れる入口の
蔦が絡まるアーチの下を
美しい輝きをみせ
夢のように　そっと　　　　　　　　　　　　　55
静かに　音もなく
一頭の牝鹿が入って

くるのが　見える

その姿はまるで六月の百合のように白く
視界から雲が追い払われ　空に 60
ただぽつんと残る美しい
銀の月のように美しい
または　穏やかな日に
広い海原を　わが領海とばかりに
陽光を浴び　遠洋へ航海する 65
輝く一艘の船のように美しい

死せる者よ　墓地で静かに眠るがいい
己の墓地で静かに眠るがいい
生ける者よ　聖なる仕事に励むがいい
大衆よ　熱心に祈りをするがいい 70

そして　もし私の心と眼が　ひとつの
喜びにかまけていても　責めないで貰いたい
かりにこの輝く鹿が　森の木立　この地上の
木立から　やって来たものであっても
あるいは　聖き天上から　一日だけ　　　　　　　75
与えられた恵みの徴の精霊であっても
私がこの輝く動物とともに行くとしたら
それは安息日の時をすごすための業なのだ

白鹿が　倒壊し　荒廃した
修道院周辺や　その建物を抜け　　　　　　　　80
徘徊するとき　なんと周囲と
調和した悲し気な様を　白鹿は
纏っていることだろう
いま　一歩　あるいは二歩と
公開の日に　白鹿は歩み　あまい　　　　　　　85
陽光が　見事に輝く白鹿を
輝かせているかと思えば
今度は　かすかな影が吐息のように
高いアーチからか　壁からか
下を通る白鹿に落ちている　　　　　　　　　　90
そして　ある薄暗い片隅　高所の
肋材模様の丸天井　または石材
そしてツタ　そしてニワトコの
繁った梢の広がりと　完全な

技をつくし建てられた僧庵が 95
きらめく星々を拒み
花ひとつ咲くことも許さぬ
不実をねたむ　近づきがたい僧庵が
白鹿の輝きにあずかっている

このさ迷い歩く白鹿の存在は 100
多くの湿気た薄暗い奥まった場も
聖なる姿の輝きでいっぱいにし
ふたたび姿を現しては　風でゆらぐ
周りの花々に輝きをおよぼしている
だが　こうして繁々と 105
これらの聖所の間を歩くのは
白鹿が信者の勤めを担い
儀式を果たすためなのか
あるいは　恵みを求めるためなのか
なんと美しき巡礼者　あの白鹿は悲哀 110
あるいは敬愛の感覚をもっているのだろうか
まるで神の怒りを受けたかのように
崩れている聖務区域や聖堂を悼んでいるのだろうか
神があがめられ　または人が暮らしていた
僧庵跡を悲しむことなどあり得るのだろうか 115
破壊された昔の荘厳さを　あるいは
癒しの手で　かいがいしく
和らげ　覆い隠す自然が

始めた以前にまして優しい働きを
嘆くことがあるのだろうか   120
白鹿は　今やトネリコの若木が芽を出す
豪華な部屋の暖炉を嘆くのか　野バラが
美しい花を咲かせている野ざらしの長い宿坊を
あるいは　十字架が壊され　今や苔で覆われた
装飾品いっぱいの祭壇を嘆いているのだろうか   125
白鹿は繁った雑草に　ぽつんと
横たわる一基の石像の兵士
誇り高き盾がかたわらに
しっかと　つつましく置かれ
静かな胸に　観念して両の掌を   130
合わせている兵士に　眼をやるが
普通　動物がするように
その石像の兵には　無頓着の風
かりに白鹿が内なる関心　あるいは勤めを
負っているなら　別の場所に違いない   135
しかし　白鹿の目はおだやかに輝き
そのまま歩む　なんという軽やかな足取りだろう
あえて頭も垂れず　花があちこちに咲く
露の芝を味わおうともしない
そして　こうして進み　ついに   140
草むらの盛り上がった墓の傍に
静かに横になる
夏の微風が　凪ぎ

錨を下ろした船の舷に
もたれかかる疲れた波のように　　　　　　　　145
何の心配もなく　安らかに
愛らしく　白鹿は寝そべった

一日は　穏やかに未練がましい
動きで過ぎていく　まるで
とりわけ穏やかに流れる夏の　　　　　　　　150
澄んだ小川のように
かぐわしい一瞬一瞬が過ぎていく

輝きを放つ白鹿は　想いに耽り
目を落とし　露のおりた草地に
座り込み　寝そべっている　　　　　　　　　155

しかし　今また　人びとは
大きな歓びの讃美の声を上げていた
それは礼拝最後の退堂聖歌であった
そして修道院から　みな群がり出て
それぞれに道を　足早やに　　　　　　　　　　160
散らばっていく
だが　中年　老年　若者
それに母たちに手を引かれた
幼子たちといった
さまざまな人の一団が　　　　　　　　　　　　165
しずかに敬意を払い　白鹿が
まことの礼拝のため　安息日に
横になる姿がよく見える場所へ
向かって　進んで行った

その塚は　ぽつんと離れ　　　　　　　　　　　170
槍二本分の平らな地があり　ほかのどの
墓とも　隔っていた　まるで何か
他を寄せつけぬ高慢と関りがあるのか
あるいは相変わらず人づき合いを避け
憂鬱な病的な気分でいるかのように　　　　　　175
また　悔悛の孤独を素直に顕す罪と
関りがあるかのように

「ほら　坊や　あそこに白鹿がいる　近づいてごらん

白鹿は恐れてないわ　怖がらなくて
大丈夫よ」　しかしその言葉を　　　　　　　　　180
そのように　やさしく掛けられた少年は
やはり尻込みし　にっこりと　喜びに頬を染めた
恥ずかしそうにますます赤らんだ頬だった
またもや　母はそっとささやいた
「さあ　坊やは有名な白鹿を見てるのよ　　　　185
リルストーンから今日の安息日に
たくさん丘を越えて　あの白鹿はやってきたの
お勤めは何かしら　でもお勤めが終わったら
私たちが帰る頃には　白鹿さんも帰るでしょう
こうやって毎年毎年　お天気が良くても悪くても　190
あの鹿は安息日の礼拝を守っているの」

白鹿は輝いていた　まるで少年が　夢で
見たように　いや　それ以上に輝いていた
だが　本当に見た目通りなのだろうか
少年は　落ち着かぬ嬉しさで　　　　　　　　　195
自問し　疑問に思う　そして
やはり　少年の思いに反し
疑問が起こる　少年も他の傍観者も
どうして乳白色のあの鹿が
寂しい塚の傍に寝そべっているのか　　　　　　200
本当の動機　はっきりした理由が
分かる明かされた事実の悲しい経緯を

話せても　なぜ白鹿が決まって
聖なる円い場所を歩くのが
好きなのか　やはり不思議に思う　　　　　　205
そして子どもの探求心に　そのような
戸惑いは押しとどめられるべきもない
というのも　この神秘にまつわる
動かぬ数々の思い出の世界を見る
冷静な真実にもかかわらず　　　　　　　　　210
もしかりに　私が誰の顔色も　誤らず
読む術(すべ)を持っているとしても
やはり　あの穏やかな白鹿を不当に
あつかう奇妙な勘違い　曖昧な憶測
たわいない不安や迷信じみた　　　　　　　215
たくましい空想は止めどないからだ

顎ひげの　杖によりかかるあの御仁
少年期にしばしば楽しく修道院のパンを
食べ　修道院の暖炉の傍で　昔話を聞き
はるか昔の戦さの名残りの傷痕をもち　　　220
やがて墓場に向かうあの御仁
あの老人は　眼の前の壮観を
どうでも説明しようと
霞ゆく古(いにしえ)の日々に
想いを馳せていた　　　　　　　　　　　　225
その日々というのは　侯爵夫人アリザが

ウォーフ川の深みで溺死した我が息子
エグレマウンドの気高い少年の
死を悼み絶望して　叶わぬ祈りの
苦痛を味わっていたときのこと　　　　　　　　　　230
その苦悩から　神の恩寵は
夫人の心に宿り　見るも麗しい
敬虔な建物　この堂々たる修道院が
建ったのだ　まさに伯爵夫人の作
しかし　それも今や崩壊の呈　　　　　　　　　　　235
この無垢の白鹿の美しい姿となって去来する
伯爵夫人の霊の嘆きはいかばかりであろう
白鹿は　悲哀と苦痛の和らいだ思い出を
どうやら背負っているように思えるが
無垢で　聖く　穏やかで　輝いて　　　　　　　　　240
光の天使のように大地を音もなく行く

　　向こうの礼拝堂の扉を　通りたい者は
通るがいい　壊れた床の穴から
見下ろして　薄気味悪い光景を見るがいい
いくつも遺体が立ったまま埋まった丸天井だ　　　　245
そこには　面と向かい　手を取りあって
クラパム家　モーレヴェレー家の者が立っている
そして　息子と父親の間にいるのが
残忍なバラ戦争で　その名も恐れられた勇者
勇猛果敢なジョン・ドュ・クラパム　　　　　　　　250

バンバリー教会から　ペンブローク伯を
引き出し　入口の石畳で首を
刎ねた男　勇気があるなら
下のあの者らを見るがいい
白鹿が　薄暗い裂け目を　覗き込み　　　　　　255
あそこを　しょっちゅう　うろついている
あんな残忍なやり方が善意である筈がない
聖書をもつ従者を従え　黄金で
縁どった額飾りを身につけた
高貴な伯爵夫人は　そう考えた　　　　　　　　260
あれほど酷いやり方で殺害された
ペンブローク伯を先祖に持つ伯爵夫人の
たかぶる辛辣な考えも当然だろう

あのほっそりした若者　オックスフォードから
故郷の谷間に帰省した青白い学生は　　　　　　265
自分なりの考えをまた持っていた
学生の考えでは　あの鹿はあちこち
独りで放浪している牧童・男爵に
会いたがっている麗しの妖精だというのだ
妖精は　牧童が聞こえるところで　　　　　　　270
風のようにヒューヒューと鳴り　岩場や
ヒイラギの木立に響く　野味あふれる調べを
自然に潜む力の歌を　歌った　という
人の話しでは妖精はどんな姿にもなれ

繁った森の木立の中で　牧童の前に　　　　　　　275
麗しい婦人の姿を装い
しばしば　立ったというのだ
クレイブンの谷間や　カンブリア丘陵で
怪しい雲行きの下で　牧童が質素な
灰色の服を纏い　横になっていたとき　　　　　280
さまざま徴を教え　景色を見せた
そして　後年にもなっても　牧童を
離れなかったというのだ　そして　やがて
牧童が槍と盾をもち　立派な年になり
フロドゥン平野の戦場に　馬で駆けたとき　　285
青年の眼には隠れた泉やその水が
どのように流れていくかが見えた
またスコットランド王の不運な最期
絶望的な滅亡の一部始終が見えたのだ
だが　このクリフォードは戦いを好まず　　　290
これ見よがしの絢爛や宮廷の権力より
もっと価値のある力を望み
その思いがクリフォードを高尚にした
つまり　バーデンの質素で静かな　人目に
つかぬ片隅が　なにより気に入りの場　　　　295
クリフォードはボルトンの親しい
仲間らを勉学の友に選んだ
この者たちは　この教会の塔に立ち
幾時間も　穏やかな　幸運な時間に

星空を一緒に調べた仲間であった 300
または僧庵で　恐らく鉱山の極上の
輝く石のように豪華な確かな変成を求めて
錬金の炎で　精密な作業に熱く
燃え　他の学問を求めた仲間であった
だが　仲間も立派な研究も消え失せた 305
そして今や　全てが不穏な状態
そして　生者にも死者にも　安らぎはない

おお　物思いにふける学生よ　そんな風に考えず
もう一度　あの輝くばかりの鹿を見るがいい
白鹿は　あの草生した塚の上で　ただ一頭 310
なんと穏やかに　見つめていることか
これほど静かで甘い光景に　他の
そぐわぬ想いをどうして口にすることが
あろう　たしかに　多くの者が心
穏やかな　安らぎを覚える 315
鮮やかで　鮮明な記憶にも関わらず
多くの者は　呆気にとられて　いぶかり
問を持ちつつ　輪になって
じっと見て　立っているのだ
そして　その群れの全員が　自制して 320
秩序正しく敬意と畏怖をみせていた
そして　ほら　みなひとりずつ去り
ついには　白鹿も去ってしまった

ハープよ　私たちは　取り留めない
考えに気を紛らわせ　奔放な空想に　　　　　　　　　325
長く魅せられてきた　お前は　嫌がらず
弦で　お前の呟きを奏でてきた
そして　この修道院前に　いま私たちは
ひっそりと　すっかり安らぎ　立っている
だが　ハープよ　お前の響きは　　　　　　　　　　　330
止むことはないだろう
霊が天使の翼で　微風のように　そっと
訪れ　その霊の手でお前にふれているからだ
声が聞こえる　まさに天上の栄光の調べで
涙の物語を　死にゆく者の物語を　歌えと　　　　　　335
命ずる声が聞こえてくるではないか

第二巻

ハープはおとなしく応じた
そして　まず私たちは緑の森の
木陰と独りの娘を　歌った
その歌は　娘で始まり						340
娘で終わる歌であったが
同時に目の前にいる
娘の唯一の友　絶望の
この世で　愛に飢えた時の
娘の最期の友の歌　だった						345

この娘こそ　先を案じつつ

朱色と金色で　祝福されぬ
軍旗を従順に　作った娘だった
父が傍に立ち　その文様が
大いに気に入り嬉しそうに眺めていた作　　　　　　350
娘の技が父の頑固な意志を
実にみごとに叶えようと
軍旗に聖十字架を
刺繍したからだった（それが
父の命令だった）そこには　　　　　　　　　　　　355
我らの主の愛おしい五つの
御傷があしらわれており
やがて　高く掲げられ　非業の
同志の間でたなびく軍旗だった

それはイングランド女王　　　　　　　　　　　　　360
畏れ多き君主が　十二年　君臨して
いた頃だった　そして　処女王の
頭上で落ち着かぬ王冠は　まだ
脅(おびや)かされてはいなかった
しかし　陰謀を画策する北部は　　　　　　　　　　365
不満を抱く盟友の二人の伯爵
パーシィとネヴィルの正義に与(くみ)し
有力な数千の封臣を出陣させる機は
熟していた　というのも二人は自らの望みを
公言し　問答無用　正義を剣に訴えてでも　　　　　370

以前の信仰のミサが復活されるよう
大胆に世間に主張したのだ
そして　例の軍旗　その表には
罪なき娘が危険な争いに　命と
光を与えようと選んだ思い出を　　　　　　　　　375
あしらっていたのだが
その軍旗が出陣の合図をまって
リルストーンの屋敷に
静かに据えられていた

出陣の報せが届いた　フランシス・ノートンは　　　380
「おお　父上　蜂起はお控えを
父上の御髪(おぐし)は白うございます
父上　私の言い分をお聞き下さい
父上のお年では　戦さに出るのはもはや無理
ご自分の立派な名声にご配慮を　　　　　　　　　385
我らには正義の慈悲深い女王がご在位され
純粋な宗教があり　それに我ら民に
平安の治世を敷かれております
私が父上の侮蔑に耐えるのは当たり前
私は父上の息子　嫡子です　　　　　　　　　　　390
でも　跡継ぎや　土地欲しさに
お膝にすがっているのではありません
あの軍旗には手を触れず　お手はそのまま
この大勢の家臣を放免し　蟠(わだかま)りなく

安穏に屋敷で　過ごしてください
　　この者らのために　我が弟らのため
　　私のため　何よりも　エミリのため」

　がやがやと騒めきが屋敷に広がった
　父は　息子が口にするその名前
　愛しい一人娘の名前が　かき消され
　ほとんど聞こえなかったが
　そばに立つ軍旗にちらりと
　聖い想いで誇らし気に目をやった
　そして潤んだ眼を輝かせ
　その軍旗をもち　こう言った
　「おい　リチャード　お前の名は
　父の名を　襲名したもの　父が戻せと
　言うまで　この旗を持っておけ
　お前は　父の右腕じゃ　お前と
　同よう　真(まこと)の仲七人は　この立派な
　大義と父について来るじゃろう」
　父が言うと八人の勇敢な息子
　精鋭の部隊がみな　ただちに父に従った

　こうして父が息子らと出陣すると
　父と揃って　全員馬上の武装姿は
　戦闘準備を整えた領民の
　割れんばかりの歓声　それに

395

400

405

410

415

武器と楽奏の喧騒で　迎えられ
山々は　その轟きに呼応した

しかし　フランシスは　がらんとした屋敷で　　　　　420
うら悲しい重苦しさを味わい　目の前の
屋根も壁もゆれ　ぐらつき　ゆらぐ夢気分
夜半の夢心地で　黙然と立っていた
このように打ちのめされ　惨めに
フランシスは裏門へと行った　　　　　　　　　　　425
そして　われに返って
疲れた目にふれたのは　穏やかで
静かな蒼穹だった　周りは
甘く　そよぐ大気があり
足元の大地には緑の草地があった　　　　　　　　　430
やがて　軍の歓呼の響きを　確かに
フランシスは耳にした　微かながら
響きは人目につかぬその場にも届いた
彼は聞いた　だが　動かなかった

その場で　フランシスは無意識に　　　　　　　　　435
握っていた槍に　苦悩のあの朦朧と
した気分　あの激しい恍惚で　思わず
握っていた槍に　もたれ立っていた
その場で　ようやく　空しい祈りの悲哀と
絶望から　心も晴れて　立っていた　　　　　　　　440

フランシスは静かに過去を思い返した
だが　枝を張る木の下の人影を見て
それがエミリーだと知った時
この勇敢な男の強靭さは
どこに見られたであろう　　　　　　　　　　　445

兄は妹を見た　妹が枝を張る
イチイの下で　頭を膝にのせ
辛い思いを一人でかかえ
座っているのがまる見えだった
「かりに息子であっても父に指図してよいなら　　450
今日のあの行為は言い訳も立つだろう」
こう自分と　そして　近づいて
行った妹に　言った
「みな行った　みなには　みなの望みがある
わしは　一時間　お前といよう　　　　　　　　455
できれば　安心させてやりたいのだ」

エミリーは聞いていたが　顔を上げず
応えもしなかった　兄は　悲しみに
襲われ　同じように　黙ったが
思い直して　熱い言葉を口にした　　　　　　　　460

「みな　思い違いをして　先頭に
大事な父を立て　勇ましく出て行った
息子は生みの親には従うものだ
父は気高いパーシィに　厳かな言質を
既に与えており　言質以上に強力な　　　　　　465
軍隊で進軍したのだ　こんな風に言うと
まるで無辜の葬儀にでも出ておるように
我らの涙は今日にもこぼれるかもしれぬ
深く　えも言えぬ気脈で
父と息子らの想いは　通じ合っている　　　　　470
世の荒波を受けぬまま　素朴な自然に
感動する心をもち　弟たちは愛されてきた
そして　今こそ　弟らの忠義は示された
忠義者だ　と　良心にあふれた勇敢な

気骨の弟らを呼ばねなるまい　　　　　　　　　475
あいつらはみな円陣を組んだ　そこに
立ったのはリチャード　アムボローズ
クリストファー　無敵の剣士ジョン
それに　不敵の鎧姿のマーマデューク
それに　隣同士に並んだ爽やかな双子　　　　480
それから　そこには新たな希望に輝き
腕前はまだ半人前の　この上なく
美しい花　末の弟が立っていた
嫡男であり　父の次席に
ある権限で　わしは　　　　　　　　　　　　485
あえて弟たちの嘲りを
覚悟して　あれらの憐みを一身に
面と向い受けようと思ったのだ
そうだ　聖なる神の助けを信じ
わしは父に跪き　懇願した　　　　　　　　　490
あの悲し気なマーマデュークは
内心　賛同しかけて　父の
一瞥さえなければ　出陣を
取りやめておったろう

「だから　我らそれぞれみな　許されんことを　495
お前　とくにお前　苦悩が御国に
記されている可愛い妹
父の目の前で　祝福されず

旗が仕上がっていくときの
押し殺した溜息　隠した涙　　　　　　　　　　　500
そして　代わりに　顔に
浮かべた作り笑い　お前の
勤めは終わった　辛い勤めはな
だから　内心　満足するがいい
お前の勤めより　はるかに容易だが　　　　　　505
わしは　わしの勤めを果たしに行こう
あれらの勤めに　わしは加われぬ
あのような大義には参戦できぬ
みなの目論見には断固　断る
だが　身体は一緒に行こう　　　　　　　　　　510
無防備で丸腰で行き　禍福が
どうあれ　みなの傍にいよう
恵まれた機会に出会うやもしれん　見て　聞いて
割って入り　あるいは鎮められるやもしれん
胸当てもせず　空手で行ってくる」　　　　　　515
ここで嫡男は　あの激しい恍惚状態で
握っていた槍を投げ出した
己と　己の魂が傾けた愛の一途な
目論見との間に　立ちはだかる物の
ように　その槍を投げ捨てた　　　　　　　　　520

「お前には　お前には　これまで人にも
神にも　何とか過ちを犯さずにきた

試錬の感覚　そのような潔白
そのような慰め　不当な負いきれぬ
ほどの悩みがあろう　そこに　　　　　　　　　　525
お前の強さがあるに相違ない
おお　妹よ　わしは預言できる
わしらが愛し　愛してやまなかった
みなの弔いの鐘が鳴る時がやってきた
望みなど一切もつな　女の　それゆえ　　　　　　530
弱きお前に　兄が言わせてもらうなら
望みなど一切もつな　よいな
我らはみな滅ぶ運命なのだ
この状況での恩寵を　この暗黒の淵での
慰めを　頭に入れて　お前の傍に　　　　　　　　535
わしがいる間に　お前がこの思いを
わしと共にしておくのは相応しかろう
だが　わしが往ったら探してはいかん
これ以上　人に動かされることはない
この大義　あの大義に　と一切の希望や　　　　　540
一切の論議　一切の祈りは　もうするな
泣くがいい　それで気が収まるならな
しかし外面(そとづら)の友の助けを当てにはするな
今すぐ　お前の運命を受け入れろ
余裕などない　歯を食いしばって我慢しろ　　　　545
我らは滅びる運命　我ら二人も　親しんだものも
この邸宅　そして　この心地よい木立

散歩道　池　四阿(あずまや)　家屋敷　広間も
我らの運命がここの運命　これら全部に及ぼう
若駒は飼い葉おけを去らねばならぬ　　　　　　　　　　550
そして見知らぬ者の間で名を馳せねばならぬ
鷹は己の止まり木を忘れ　猟犬は
古巣の地と別れねばならぬ
突風が我らみなを吹き飛ばすだろう
荒廃一色　崩壊一色　　　　　　　　　　　　　　　　555
そして　この鹿でさえ」　そう言って
フランシスは数歩離れて
草をはみ　うろつく白鹿を　美しい
雪よりも白い鹿を　指さした
「この鹿でさえ　穏やかな森　　　　　　　　　　　　560
せせらぐ川に戻って行こう
そして　ここに来る前
我らみなを気に入り
リルストーンの屋敷の人気者に
なる前と　あれの心も魂も変わるまい　　　　　　　　565
しかし　妹よ　お前の運命は
突風に煽られた木の最期のひと葉
かりに我らが共に　一層純粋な信仰の
息吹きを味わったのが無駄でなかったとしても
かりに　手を取り合って　我らが教えを受け　　　　　570
そして　（おお　何と　あの日の楽しい思い出）
何度となく　お前が一番足手まといだったとしても

かりに　わしらの想いが同じ考えを
身につけ　同じ訓えを学んだとしても
かりに　家では家族の幸せが 575
熱心さのあまり損なわれてきたとしても
共に忍耐と　自己犠牲の大事を
学んできたとしても　たとえ　我らが
兵士のように過ごし　この蜂起の
備えができておったとしても 580
また　お前が美しく　青春と思慮が
お前に一切の真実を与えておるとしても
くじけるなよ　神の慈愛に
相応しく　お前の運命の馳せ場を
果たすのだ　辛い悲しみの力で 585
ゆるがぬ人道の至聖の
天空まで引き上げられる妹よ」
兄は話を終えた　というか　妹には　もう
聞こえていなかった　兄はイチイの木陰から
妹を連れ出し　邸宅の静寂の戸口で 590
聖別された妹にキスをした
そして　それから谷を下り
独り　武装した大群の後を追った

第三巻

　さあ　ブランセペス城の櫓(やぐら)から
不安と恐怖で眺め　憂鬱な時を　　　　　　　　　595
過ごしている者たちよ　喜ぶがいい
報せるのだ　諸君の伯爵らに
ノートンとその部隊がやってきたと
聞かせてやれ　高い物見から
見張りたちは大声で伝えた　　　　　　　　　　　600
伯爵らは満足して　ウェア川の堤を
進軍してくる武装の一隊を見た

　豪胆なノートンは平野を出迎えに

やってきた二人の伯爵にこういった
「殿御らよ　この合流は　幸先がよさそうじゃな　　　　605
わしは立派な部隊を連れて参りましたぞ
この者らの存念は　そなたらの助太刀　丘や谷が
味方してくれました　我ら　ユア川　スウェイル川を
渡っての参上ですわい　騎馬の者らを連れてのお
ご覧じろ　郷士のなかの最強の者たちを　　　　　　610
前に出ろ　息子らよ　この者らが
わしがこの戦いに　連れて参った者ら
我らの運命がどう転ぼうと
伜らは　最後まで命を張る所存
この者らがわしの全て」　ここで声を詰まらせ　　　615
「わしの全て　可愛い一人娘を除いてな
わしが残してきた娘　この祝福の地で
一番　温和で優しい子供でな
わしには　いや　この者ら八名が
傍におりますわい　今日は誇らしい日じゃ　　　　　620
機は熟した　祝いの騒ぎで
ほれ　人々が群がってくる　大地に
大雪が積り　飢えた家禽がみな餌を
やる手許に集まるのに似ておるわい」
伯爵は嘘偽りのない真実を語った　近隣遠来　　　　625
四方八方から粗末な武具をつけ　百姓らが
群れて　ワイワイガヤガヤやって来たのだ
そして　これらの者に交じり　ブランセペス城に

地位と名のある上流階級
武名とどろく武将らがやってきた 630
そしてノートン伯は自衛の伯爵らに　蜂起し
自らの無実を証するよう主張した
「立ち上がられよ　伯爵殿らよ
聖なる教会と民の権利のために
力を振るわれよ」　ノートン伯は 635
ノーサンバランド伯を見据え
こう言った　「イングランドの
玉座は　諍いと泥仕合の内紛の
餌食　民心は世継ぎがのうては
忠誠心の安堵も　味わえまい 640
連中は　他のあらゆるものにも
同じように激しい憎悪を向けて
この跡目に　互いに望みをおいて
この王国の旧き信義を何もかも
転覆しようと企て　躍起になっておる 645
勇敢な伯爵殿らよ　その英雄の血管に
高貴な血が託されておる御仁らよ
そなたらに　苦難の国は訴えておる
そなたらは屈辱から国を救わねばならん
我らは　さらに大胆な望みを願い 650
最愛の期待を抱き　そなたらを見ておりますぞ
我らの祭壇のためなのじゃ　決して
滅びぬ天国の褒美のためにのお

我らは　旧き聖なる教会を惜しみ
それに歓んで　立ち戻らねばならぬ 655
見なされ」　右手に立つ
息子から　その旗手の手から
軍旗を取り　父は大事に　折り
畳まれた旗を広げて見せた　「見なされ」
ノートン伯は叫んだ「罪深い世の贖(あがな)いじゃ 660
これをそなたらの守りとされるがよい
主の御手　御足　脇腹　の御傷
それにイエスが亡くなられた尊い十字架
旧い屋敷の暖炉の居間からもって参った
卑しからぬ生まれの娘の手で 665
愛の徴に作られたこれらの御傷
娘が聖き品を仕上げておる間
祝福の鳩が　優しく覆っておった娘の手でのお
「み旗を掲げろ」周りに立つ群衆が
みな叫び声　「み旗をすえろ 670
このみ旗で我らの生死が決まる」
ノートン伯は　その声に流されず
言った　「疎んじられた伯爵たちよ
そなたらが聞いた祈りは
この者らが好んで密かに 675
聖徒らに捧げたいく万もの
者たちの溜息ですぞ」「御旗を掲げろ」
もう一度部隊が叫んだ　そして

それから考え深げに間をおいて
「御旗をかかげろ」とノーサンバランド伯 680

そのとき 畏怖を覚える紋様の
軍旗が高々と掲げられるのを
見た群衆から 歓呼の声が
沸き起こった その恍惚は
ウェア川にまで届き ダラム 685
由緒あるダラムが聞いた
聖カスバートの塔は歓声に沸いた
今や北部は武装して 連中は
パーシィのひと声でツィード川からタイン川まで
見事な戦支度に輝いた ネヴィルは 690
ティーズ川から己の部隊がぞくぞく
集結するのを見た ウェア川から

そして二股に割れた丘陵の間に隠れ
姿が見えぬあらゆるせせらぎからも
ネヴィル伯の七百名の騎士　従者らが 695
主人の号令で　ラビー・ホールに集っていた
昔　伯爵領にはそれほどの兵力がいた
そして今回も　装備の整った
騎士たちが十分にいた
遊ばせている槍を振るうことも 700
古い父祖の盾を取ることも　いとわず
みな招集の指令に従った　さらに
それぞれ違う身分の騎馬隊や歩兵
忠義の誓いに縛られぬ者までも
教会と国家の新奇さに　辺り構わず 705
大っぴらに嫌悪をあらわに　やってきた
騎士　市民　郷士　従者
僧衣をまとったカトリック僧侶の
熱く燃えた一団は　このように
武装して　連合の指令のもと 710
いの一番に　ダラムに行った
そして聖カスバートの旧い御堂で
ミサを唱えた　そして祈祷書を
破り捨て　聖書を踏みつけた
そこから南に何事の邪魔もなく行進し 715
「連中はウェザビーで大群を招集した
それは見るも見事な　優に一万六千」の

北の精鋭武者だった
だが　八名の息子ほど　見た目も
腕も優れた者はいなかった 720
（今が盛りの　人生春爛漫の男たち）
それぞれが槍を持ち　背筋を伸ばし
背は高く　青龍刀と小さな円い盾をもち
クリフォード荒野で　父がもつ軍旗を
守ろうと　父の傍に立っていた 725
息子らは父を取り巻き立っていた
そして　どこに進軍しても自分らの
持ち場を守ろうとした　そして
それ以降　馬には乗ろうとはせず
勝ち誇った様子で　大地と神に 730
わが身を託し　草地に立った　まさに
心を奮い立たせ　勇気づけるまれなる光景
息子らと父は戦場の華だった
とりわけ父は際立っていた　正直言えば
勢ぞろいの中で　誰よりも　父ほど 735
その日　陽光に映える者はいなかった
年齢がもたらす稀にみる容姿
腰も曲がらず　縮んでも
おらぬ背丈　むしろ七十歳の
年に打ち勝ち　一層背丈が 740
伸びているようだった
皺のある大きな手足

怖い形相　敬意を覚える相好
黒く鋭い目　そして頭には
茶色の兜で半ば隠れ　ちょうど　　　　　　　　　　745
平原の狩人の髪のように
軽やかな白髪の房
そして　いざという時
旗竿が収まるように
腰にガードルを巻き　　　　　　　　　　　　　　　750
輝いて　たなびく壮観な軍旗を
高く掲げて　立っていた

誰がノートン伯を見ているのだろう
数千の者が見つめ　そして仲間に加わらず
見つめる男　数千の中に友もなく　　　　　　　　　755
独りで　道をやって来た男
この男はどこにでも付いていき
遠くから　軍旗を眺めていた
まるで牧童が寂し気な星を眺めているか
または船乗りが　嵐の夜を　　　　　　　　　　　　760

案内するはるかな光を　見つめるように
そして今　蜂起の地の選ばれた一画で
向こうのヒースの場所で
胸に鎖帷子もなく　手に武器もなく
男は独り遠く離れて立っていた　　　　　　　　　　765
顔つきは大胆　だが目は
不安に満ち　そこに
守護者のように　何時間も
釘付けになり　立っていた
とはいえ時々は　さらに身を伏せ　　　　　　　　　770
芝が覆う高地の上に
まるで牧童が日向ぼっこを
唯一の仕事にするように　あるいは
外套(マント)の助けをかりて　吹きすさぶ風から
身を守るように　寝そべった　　　　　　　　　　　775
こうして短い忘我に　至福の時を味わい
疲れた気持ちは落ち着きを取り戻していた
ふたたび男が眼を上げると　ほら
見事なあの旗が揺れている
希望がこの光景でよみがえった　　　　　　　　　　780
男は　これから　日暮れ前に
大勢がどちらに向く運命か知るだろう

ロンドンに　大将たちは向かっていった
だが　その大胆な目論見がどんな役にたとう

女王の軍は北の蜂起を　　　　　　　　　　　785
鎮圧しようと出陣していた
軍はダドレイを先頭に進軍し
七日も経てば　ヨークにやって来よう
これほどの大群が　これほどすぐに招集できて
これほど間近に来られるのだろうか　　　　　790
伯爵たちは互いに顔を見つめた
そしてネヴィル伯は恐怖で顔面蒼白
高名　豪勇の名で轟いてはいたが
ネヴィル伯は臆病な心臓の持ち主
かりに二人が大胆だったとしても　しかし　　795
「あれほどの大群には持ちこたえられまい」
それゆえ　伯爵らはティーズ川の土手に
急ぎ退却し　堅固な陣を築き
そこで　好機を待つだろう
そのうちにデイカー卿がナワースから　　　　800
兵を率いてやってきて　ハワード卿の援軍も
デイカー卿らと一緒に目の前に見られよう

大群の中　人から人に
この策略の噂が広まる一方で
突撃の任をこれまで担って　　　　　　　　　805
手に旗をもっていたノートンは苛立ち
伯爵たちを探し出し　自分の想いを
ぶちまけた　そして　突如

こう言った 「わしらは（こんなことが
あっていいのか）戦わずして戦場を投げ出すだと 810
これまで御力は 天の御力は なんとわずかな
者にしか 勝ちを与えなかったことだろう」
だが 依然として 我らの息子は
サーストン大司教を自慢しておる 何という大群を
大司教は打ち破ったか 信仰が証された平野を 815
我らは見たではないか（逃げながらも
また見よう） あの御旗が
聖なる荷車に乗せられ
老男爵らの大胆な仲間らに
囲まれ 移動しておった 820
そして あの白髪の旧教の擁護者らと
三つの聖なる旗のもとに
モーブレイの血を引くお寝んねの嫡子が立った時
みな勝利を確信していたではないか それなのに
パーシィは己の名を恥ずかしめるというのか 825
我らはウェストモアランドに 恥ずかしくも
ネヴィル・クロスであの時 軍勢は誰の手のもので
負けは どこだった と訊ねばならんのか
あの時 ダラムの修道院長が 聖なる手で
幻が命じたとおり 槍先 高く 830
遠く近く見えるように 聖カスバートの
遺品を掲げておった そして
僧侶らが聖マリアさまの御堂で祈りを

臨在の神にささげておったのだ
不敬の輩と戦う我らには 835
これまで以上に援軍が要る
我ら天の使者は　不敬の者らを
懲らしめるため招集され　蜂起しておる
我らは　古(いにしえ)の聖なるものを
立て直し　擁護するのだ　よいか」 840
ノートンの気迫が伯爵らを戸惑わせた
だが下知は下った　トランペットは吹かれた
ノートンは塞ぎこむ大群を搔き分け
もとに戻って　自分の持ち場についた
ああ　ノートンは思った　わしは畏れ多い徴に 845
聖められ　喜びにあふれ　意気揚々と
すべての子孫の希望のこの旗を
掲げたのではなかったか
それがこうして　すぐに　すさぶ風の
からかいの的　輝く太陽の眼から 850
見れば恥辱の点となり
明るい雲にとっては嘲笑の有様よ
「わしのこの哀れな息子らが食い止めよう」
父は半ば自分に　半ば息子に　言った
「あれらの数の十倍もの人馬の軍を 855
食い止めるか　鎮圧しよう
息子らは　孤立無援で
目の前に　父の姿がなくとも

戦いに掲げる大義　苦境にたつ日に
あれらと変わらぬ勇敢な何千もの兵を　　　　　　860
繰り出す大義が　我らになくとも　食い止めよう」
そう話しながら　父は白髪の頭をあげ
もう一度　あの紋章を見上げた
しかし　見慣れたその顔には
以前には感じられなかった失望が　　　　　　　　865
伺えた　空しい兆候の衝撃
当惑と　不信の苦しみが
その紋章を作った娘を
ふと想う父を襲った
おお　どうして　娘の顔は聖なる愛と　　　　　　870
優しい光で輝いておったのか

あれは逆らおうとせず　逆らいもできなんだ
あれの信仰は別の方を向いて　辛い涙を
流しておった　わしは涙がこぼれるのを見た
あれが何も言わぬ動物に　　　　　　　　　　　875
サンザシの藪にいる白鹿に　悲しい
言葉をかけておるのを漏れ聞いた
娘は涙で　まこと　この十字架を
濡らしておった　娘と　さらに不甲斐ない
あの背信の兄に　わしらは止めを　　　　　　880
止めをさされたのだ　妹の優しい気持ちに
あれはつけいった　兄も　ああ　冷たい墓に
長く眠っておる奥にしょっちゅう
攻められたのじゃ
奥はまず　物心がつく前に　　　　　　　　　885
従順な疑いもせぬ子供を手なずけた
わしは　この悲しみの元に行きつくには
はるか　はるか昔に　さかのぼらねばならぬ
　　こうして　父が想いに耽っていると
速やかな退却を促す国境地帯の　　　　　　　890
甘い楽音が演奏された　だが
ノートン伯はしんがりで　辛い思いに
苛まれ　うろついていた　そして
混乱した頭が　まだまとまらぬ間に
父の前に　フランシスが立ち　　　　　　　　895
意を決した真剣な口調で言った

「ここに恭しく　丸腰で　懇願のため
跪いておりますが　父上のお怒りの
胸の内　お察しします　この退却
あまりにも無策な潰走を見て　無念で　　　　　　　　900
なりません　父上の大将らは見下げた御仁
軍を率いても　いざという時には
腑抜けの大将　ほら　目を見開き
ご覧ください　あの者らのために
まだ　犠牲が要りますか　　　　　　　　　　　　　905
大将がしり込みし　広い戦場に
ぞくぞくと集まる敵と戦おうとせぬ時に
（天王山の決戦の今日　あの大群が
蜘蛛の子のように退散しておる時に）
戦況に望みがあった時には　私が　　　　　　　　　910
切り出せなかったお願いを　いまお願いしても
あの者らや父上に不都合はないはずの
この願いをお叱りになりませんように
父上　避け場を見つける手助けを
させて下さい　そうすれば　やがて　　　　　　　　915
獰猛な敵の怒りも風のように
過ぎ去り　鎮まりましょう
同胞同士　手をお組みください
父上の不運の随員に私を入れてください
そうすれば　どのような運命が　　　　　　　　　　920
待ち受けようと　少なくとも

私は心の内で　父上の高潔さの
証人になれましょう」
「きさまは敵じゃ　わしの破滅
疫病神　おお　一切の善を相手に 925
思うさま　腰抜けの戦いぶりを見せてみい」
だが　いまさら　どうしてフランシスは
愛の祈りを口にし　勝手な夢を
明るい束の間の希望に託すのだろう
だが　父の激情を抑えようと 930
無駄骨を折ったフランシスが
賢く引き下がったことで　良しとしよう
そして　弟の賢明さや親思いを
臆せず喋り　長兄は
万が一　さらに良い機会が 935
来たならば　最善の努力を再開しようと
思慮深く　その場を去った

第 四 巻

雲一つない夜空から
月が　静かに
陣営　包囲された町　　　　　　　　　　940
蛇行するティーズ川の険阻な
岩場の上にある堂々とした冠
そっくりの城を　見下ろしている

煌々と輝く月は　荒野(ムーア)のなかの
丘の頂　冠水　緑陰の森　　　　　　　　945
遠く南方のあの小さな谷間を見下ろし
リルストーンの古い奥まった屋敷が

静寂の由緒ある趣を　周辺の野に
見せ　一本の煙突から煙が
銀色の輪を描きながら上っている　　　　　　　　950
中庭は森閑そのもの　猟犬はみな
ちょうど眠りの頃合い　と
犬小屋に潜り込み　クジャクは
大きなトネリコの木高く
夜の止まり木に休んでいた　　　　　　　　　　　955
陽光に堂々と向かい　華やかな
羽振りを自慢げに見せ　歩き
回っていたクジャクが　いま休む
木立より　さらに高い屋敷の時計は
向こうの孤高の塔で　爽やかな　　　　　　　　　960
月光に輝き　針は九時を指していた

おお　いったい誰がここを
悲哀が　悲痛が　恐怖が
支配していると考えるだろう
日中は　ほとんど聞こえぬほどの　　　　　　　　965
穏やかな　子守歌のような
せせらぎの音　夜は庭の池の
黒い水面に戯れる虫たちで　ゆらぎ
小さく輝く笑窪が出来　出来た
見えた　と思った瞬時に　　　　　　　　　　　　970
消える無数の光の環　ほら

さほど離れていないところに
あの同じ乳白色の牝鹿　あの白鹿が
静かに何も気にせず　緑の草を
食んでいるではないか　　　　　　　　　　　975
イチイの木陰で　フランシスが
最後の言葉を妹に　心に浮かび
頭をよぎり　あるいは　たまたま
目に入ったものを　ことごとく運命の
悲壮な襲撃と絡めて話していた時の　　　　980
あの同じ美しい白鹿　その鹿がいま
禁断の敷地に入り込んでいた
その場所に　いま　歓楽のため
設けられた見事な広々とした敷地 ─
芝生や花壇　長いアーケイドの　　　　　　985
格子細工の陰　そして高く伸び
丁寧に切り込まれた壁のような
緑の木々に囲まれている円い窪地
三日月型にくねった道　一箇所に向かう
何本もの小道　そして楽し気な噴水　　　　990
小綺麗な装いのテラスのある敷地 ─ の中の
両側に鬱蒼と枝を大きく張る松と杉に
混って高く聳える向こうのイトスギの下で
人里遠く離れた狩猟園とも狩場とも　あるいは
荒れた森ともいえる場を　風のように　　　　995
妨げられもせず　うろつく幸せな他の仲間の鹿と

同じように　白鹿が月光を
浴び　幸せに寝そべっていた

しかし　杉の木陰から月光のもとに
出てきた聖なる娘を見るがいい　　　　　　　　　1000
そこには白鹿が　聳える糸杉の
下に　横になっていた
まるで四月の残雪のように —
青々とした草地で
森の谷間で　あるいは　岩場の　　　　　　　　　1005
崖の陰に　もしかりに　牧童に
見られても　気にもされず
そのまま通り過ぎられる
ぽつんとある名残り雪そのままに —
実際　白鹿は娘に優しく近寄り　　　　　　　　　1010
愛の眼差しを注いでもらうか　あるいは
戯れか　遊びに気を引こうとしたが
悲しむ娘は拒み　というか　冷たくあしらい
白鹿の試みも無駄骨となり　白鹿も
今日はしばしば　当惑しないわけでも　　　　　　1015
辛い思いを味わわぬでもなかったが
今や寛ぎ　文句も言わず
座り込んでいる白鹿に　娘は
牧童以上に　目もくれなった

しかし エミリーの心は和んだ 優しい   1020
心地よさに溢れた微風が吹いてきたのだ
壁をつたい 頭上にひろがる遅咲きの
スイカズラの垂れた向こうの
粗末な小屋に 娘が近づくにつれ
息づく花の香が（あの時も垂れていた   1025
スイカズラから まるで今と
同じような香りが漂っていたのだが）
このはずれの奥の小部屋で
優しい心配気な母が 年端もいかぬ
自分に有益な畏怖の念と奥義を   1030
教えようと努力していた当時の
思い出を蘇らせた
確かに エミリーの心は和んだ
おぼろげな とはいえ おぼろげでない
輝く母の姿がエミリーに蘇ってくる   1035
穏やかな表情と 穏やかな口調で
まだ膝の上の御ねんねの愛しい娘に
ここで 見えざる神を 素朴に
礼拝し 改革され 純化された
信仰を頼りにするよう教えた   1040
あの祝福された聖徒の姿

だがその姿は 母の幻は うっとり
させたあの高揚の感覚は 失せてしまった

「でも　おお　恐怖の命(めい)を受け
遣わされ現れる　と作り話で　　　　　　　　　1045
言われる霊たちより　さらに鮮明に
私の前に立たれた天界の天使の母
母の愛の沈黙の霊が　その姿を
私に現したように
神々しい役目を負い　　　　　　　　　　　　　1050
フランシスのもとに降りてきて
『もし望みが　頼みの綱が失せたとしても
キリスト者である息子よ　お前は
例の嘆かわしい最悪の罠
自暴自棄には　気をおつけ』と　　　　　　　　1055
声をだし　おっしゃって下さい」

それから　娘は心地よい場を
見つけて休んでいた木陰から
心を騒がせ現れた　娘は行くのだ
自分で戦場まで　あとを追い　　　　　　　　　1060
父の膝にすがろうというのだ
ああ　それは無理　娘には
兄が課した破られぬご法度がある
兄の別れ際の命令　とはいえ従い難い
彼らの運命の逆らい難い流れを　　　　　　　　1065
逸らそうとする一切の議論を禁じ
どんな大義であれ　そのための一切の祈りや

一切の努力を禁ずる命令
苦難を甘んじて受け　最後には
苦痛　悲哀を乗り越え　完全な勝利を　　　　　1070
勝ち取れるように　ゆだねて「お前の
勤めは　佇んで　待て」という命令
娘はそれを意識し　苦悶は胸に収めた
だが　静かに芝生を歩み　次々と
想いに駆り立てられていたちょうどそのとき　　1075
ひとりの老人が　穏やかに敬意を示し
近づいて　挨拶し　こう話しかけた
「年寄りをよいことに　お邪魔しますぞ
暗い時　悲しい日ですなあ
お悩みのお嬢さん　さあ　わしに何か　　　　　1080
出来ることはあるかな　お話しなされ」

「どうぞ　構いませんわ　ご遠慮なさらず
叔父さまは　父と仲よくお年を召されたお方
さあ　父のために　お出かけになり
ひと肌脱いで　私たち皆から災いを　　　　　　1085
振り払って下さい　これが私の頼み　でも
私は　動かず　静まっておれと　言われているのです
叔父さまには　人助けができるとして
何の枷もないでしょ　叔父さまは
望みを抱き　神のみ旨に身をゆだねる　　　　　1090
ことは　禁じられてないでしょ」

老人は言った「希望は　なにが
あろうと　わしらはみな持たねばならん
グレイヴン荒野には　虐げられる者らを
匿う隠れ場はたくさんある　　　　　　　　　　　1095
地下深くには　洞穴もたくさんある
この嵐が収まってしまうまで　墓の中に
おるように　横になっておられよう
あるいは　連中にはツィード川を渡らせ
災難から直ちに逃れさせてやることじゃ」　　　　1100
「ああ　私を唆さないで」　か弱く娘は
溜息をつき「私は　今の立場に満足しており
意見を申したり　お勧めをする気はないのです
ただ　何が起っているのか報せて
欲しい　これが叔父さまのお役目　　　　　　　　1105
報せて下さい　私のお願いはそれだけ」
娘は言った　老人は　娘の
目の前から　己れの年もわすれ
なにか歓びの用向きにむかう
小姓のように　素早く去った　　　　　　　　　　1110
勇敢で賢明な　高貴なフランシスは
助ける手立てに事欠くまい　と老人は
考えた　優しさに希望を秘め
丸腰で戦場にまで跡を追ったのだ
わしはあれを捜そう　反乱軍は　今や　　　　　　1115
バーナードの塔に包囲網を巡らせていた

「今宵　照る月が　どうかあの者らの
賢明な逃走の手引きとなりますように」
しかし　好機と変化は猫の眼
情報の量は限られて 1120
そこから要らぬ恐怖や苦しみ
無謀な希望　空しい努力が生まれ出る
月は照ろう　だが逃亡の
手引きとなるはずがない　すでに月は
この者らの捕囚を見届けていた 1125
月は　あの敵城への決死の
猛攻を眼にしていた　だが　いま
ノートンと息子らが横たわる霊廟は
なんと暗く　不気味なことだろう　なんという
悲惨な結末だろう　ノートンは攻撃前言っていた 1130
「今宵　あれらの不信の塔を墜とすか
これを限りに　わしらが戦場を去るかじゃ
ネヴィルは完全に狼狽しておる
ハワードの援軍の約束が果たされぬからじゃ
わしらの要請にデイカーは蜂起の 1135
準備ができておらんと返事をよこした
ええい　胸くそが悪い　このむかつく足止めが
わしらの大義に命取りになるに相違ない
城壁に　突破口は開いた
今宵　軍旗を立てるのじゃ」 1140
旗が立つ　みな息子らは父といた

息子らは臆することなく　父を取り巻き
他の者たちもこれに続き　父と子も
中庭になだれ込んだ　「勝ったぞ」
みなは大声で叫んだ　だが　天意では　　　　　1145
敵も味方も恐怖に陥れた捨て身の襲撃の
この勝利は　彼らの歓声で
終焉となる運命だった
味方は後ずさりし　敵はノートンと
息子らの一団に　たじろいだ　　　　　　　　1150
しかし　ノートンらも今や苦戦
千人もの兵には逆らえない
敵は人数に勇気を得
この少数の精鋭部隊に打ち勝った
「御旗を守れ」父が城内から叫んだ　　　　　1155
だが　見よ　聖なる御旗が落ち
戦場に混乱が広がった　ある者は
逃げ　ある者は恐怖を堪えたが
しかし　月が　西の薄暗い部屋に
すっかり沈んで　休む前には　　　　　　　　1160
あの意気盛んな招集兵は
誰一人残っていなかった

第五巻

リルストーン峡谷の荒野の
ごつごつした地面の頂き高く
木こりや牧童が暮らす　　　　　　　　　　　1165
最高峰の尾根　いや丘の上に
戦さに備えた建物がぽつんと
建っている　ノートン塔がその名前
その物見櫓は　辺りの小路や街道
そして平野　谷間　黒い荒野　　　　　　　　1170
さらには　輝く湖や小川に
向かい　睨みをきかせていた

この険しい坂の頂きは
荒涼たる荒野　ペンドル丘　あるいは
ペニージェント丘と同じく　風や霜　　　　　　　　　　1175
湿気た靄から滅多に逃れることはなかったが
競技や弓試合のために　そこでは
血気あふれるノートン家の一族が集い
しばしば歓喜の響きが聞こえていた
どれほど彼らは誇らしく幸せであったろう　　　　　　　1180
観衆もどれほど喜び　誇らしかったろう
焼けつく真昼の太陽や　雨を避け
あるいは狩りの獲物を手にしたときは
連中は塔に戻り　そこで気前よく
馳走が振舞われ　陽気な騒ぎが打ち続く　　　　　　　　1185
そしてリルストーンの屋敷の厳めしい老主は
みなの中でも　とりわけご機嫌　得意であった

しかし　いまや老主の娘は　不安で青ざめ
搭の上をあちこち歩き回っていた
娘が蜂起の話を耳にし　悲しみの辛さを　　　　　　　　1190
味わったのも無理はない　娘はずっと蜂起の
中止を望みに望み　案じていたからだった
気弱な性分はそんな道理を願ったのだ
そして自責の念に襲われながら
しばしば　ここに足を向けていた　　　　　　　　　　　1195
というのも娘は兄の指示を　兄の別れの

言葉に敬意を払い　同ように
兄のその名前を思うだけで　ひとりの時は
励まされていたからだった

淋しい物見櫓のわきに　　　　　　　　　　　　1200
娘の父親と長年の友であり　一緒に
年をかさねてきた白髪の老貴族が
立っていた　父と老人は　若き日は
競い合う狩人　武者仲間であった
リルストーンに老人は報せをもち帰り　　　　　1205
それから　この高台で　娘を捜し
自分が目撃するに至った悲惨な
悲劇の顛末を　なるたけ
穏やかに娘に語っていた

娘は老人の方を向き　「叔父さまは兄が　　　　1210

生きている　死んでないとおっしゃるのですね」

「そなたの高貴な兄者は目こぼしされた
連中は兄者の命まで奪わなかった
兄者の気高い心意気に
称賛の光は　永久に輝こう　　　　　　　　　　　　　　1215
兄者は（天の御心なのじゃ）
伊達にひとり　道を歩きはせなんだぞ
洞察鋭く先を見て　孝行の
努力も水の泡とはならなんだ
兄者は　苦しみの時がすべて済むまで　　　　　　　　　1220
最後までみなの慰めであり　喜びじゃった

「わしはあの者らがヨークに行った折　見ておったのじゃ
姫よ　もしご家族の足が縛られておったらどうじゃったろう
善良な者らはそれを非難したじゃろう
しかし　ご家族が帯びていたのは冷遇と恥辱の印だけ　　1225
これらはご家族の勝利であり誇りなのじゃ
「ほら　フランシスが来る」と大声で
叫び声をあげて　押し寄せる群衆に
深い感動が消えることはなかったぞ
一度は囚われの身　だが今は解放されておる　　　　　　1230
ようやったわい　自然への敬信の力を信じ
兄者は最悪の事態に挑んだでのお
兄者は　この戦さに蜂起してはおらん

和合のため　イングランドの善のため
涙ながら　弟らに訴え　父のため　　　　　　　　　　1235
祈りをささげておった
兄者は　父らの目論見に
逆らえないと知り　連中と
別れ　離れたのじゃ　じゃがの
想いは同じで　傍を歩いていった　　　　　　　　　　1240
それからみなが獄に引き立てられた折も
残忍さと侮蔑に無抵抗　一切の
辱めに　ただただ無抵抗を貫いた

「そうやって獄にご家族は入れられた
おお　聞くがいい　のお　優しい姫よ　　　　　　　　1245
わしは　そなたの難儀に
ふたたび　幸せの光を注ぎ
祝福しようと戻って参った
敬愛の同情と竹馬のよしみに
わしは駆り立てられたのじゃ　　　　　　　　　　　　1250
そなたの役に立とうと　大胆に
その要塞の入口にたどり着いた

「父上はわしを心から迎えてくれた
しかし　すぐに熱い胸の願いに
話をふられての　兄者に　命じつつも　　　　　　　　1255
懇願し　こう言われたのじゃ

『息子よ　留まることはないぞ
様々な想いが浮かぶ　時は迫っておる』
そして　フランシスに言葉あらたに
父上は　一層穏やかに　こう続けられたのじゃ　　　　　　1260

「『我らの企てが首尾よく運んでおったら
国土は　広く変化を根づかせ
死から再生を　不死の
緑の春を　見せたであろう
陰鬱な祭壇も　雲間が晴れたときの　　　　　　　　　　　1265
星屑のように　燃え上がっておったろう
もう一度　我らの十字架が抱え起こされ
両腕を広げ　永遠に立っておったら
見つめるみなの救いとなったであろう
それに　それにじゃ　かりにわしが生き残り　　　　　　　1270
ボルトン修道院で新たな命を味わえておったら
自由にものが言えて　わが青春に
息吹きを吹き込んだ真実の眼が
もう一度開き　華麗な装いの僧院を
見られたら　この御旗が（わしはそのような　　　　　　　1275
誓いを立てたのじゃ）あの僧院の
聖別された懐に　鎮座しておったろう
そして　わしは喜ばしい勝利に相応しい捧げ物の
この御旗を　わが手で高く掲げておったろう

「『そのような儚い想いが　今も胸にあり　　　　　　1280
この情けない沈む時を晴らすのじゃ
厳かな想いが　か弱き者を　なおも
支えて　最期までわしに昇っていけと
わしの信仰を　元に戻せぬまでも
守るよう　もうひと頑張りをさせるのよ　　　　　　1285

「『だから　よいか』と父上は話した　『息子よ
わしの最後の胸の内を託す
お前は何があっても御旗を取り戻せ
その勤めが　首尾よく運べば
それを持て　お前以外に　誰に　　　　　　　　　　1290
この密かな想いを託せよう
御旗をボルトン修道院にもっていき
聖マリアの社に供えるのじゃ
滅びゆくあの数々の聖具の間で
太陽とそよ風にさらし　朽ちさせよ　　　　　　　　1295
せめてそこに　その進物を供えて
そこにその証を見せておくのじゃ
何ひとつ勝手な目論見も抱かず
ただ損なわれた信仰とキリストの御名のため
わしが　白髪にも関わらず兜をかぶり　　　　　　　1300
みなの前で　任についた大胆な証拠をな
そうじゃ　わしはこの高貴な一族を
この麗しい類まれなる弟らを差し出し

息子よ　お前のもとを後にした
そして残してきたのが　もう言うまい　　　　　　　　1305
その名も口にせず　涙も流すまい
わしの望みは分かっておろう　もう言わぬ
さあ　約束してくれ　このひとつの頼み
今際の祈りを叶えてくれ　祝福を祈っておるぞ』

「そこでフランシスは　『息子にお任せを　　　　　　1310
神のみ旨で　願いは叶えられましょう』と返事した

「約束がされ　厳かな誓いが
こうして済むとすぐ　騒めきが聞こえてきた
そして格式ぶった役人たちが　囚人らを
運命の場に　引っ立てるために現れたのじゃ　　　　　1315
みな立った　おお　どうして　わしは
姫よ　そなたに喋るのを　聞かせるのを　ためらうのじゃ
みな腰をあげ立った　誰ひとり抱擁を交わさなんだ

天と地が穏やかな折の木々のように立っておったわ
みな　互いにかけ替えの無い存在と分かっておるのじゃ　　　1320
互いに敬意を抱き囚人たちは出て行った
みなが扉の前までやって来たとき
そこに配属されていた凡俗で無情な
男に会った　男は　嘲りと嘲笑の
徴として　嘆きの御旗を高く　　　　　　　　　　　　　　1325
掲げて　囚人たちを刑場へと
連れてゆく役目であった
残忍極まりないサセックスが　人情も
お構いなしに　そう指図しておったのじゃ
フランシスは不幸な御旗に　　　　　　　　　　　　　　　1330
目をやり　辺りに畏怖を与える
穏やかな　威圧する目つきで
その兵から　御旗を受け取った
周りに佇む全員が　まったく何事もなく
なされたそのやり取りを　しっかりと見届けた　　　　　　1335
うっとりと　父上は息子に眼をやった
それから　みな　引っ立てられた　そのまま
引っ立てられて行き　そうして　息を引き取った
みな揃って死んだ　幸せな死出じゃった
じゃがの　フランシスは　　　　　　　　　　　　　　　　1340
その嘲笑に堂々と立ち向かい
御旗を取り戻すや　あっ晴れと
思ってか　困惑してか　何の抵抗も

せぬそんな観客を尻目に　兄者は
すぐ自分の任務にとりかかっての」　　　　　　　　　　1345

エミリーと一緒に物見櫓の高みに
立つ老人が　リルストーンの悲哀の
近隣で　見聞きした事件を
時折力強い声で話をし
姫を慰めたり　嬉しがらせたりした　　　　　　　　　　1350
そんな風に話したのも　高みを望む
淵の底に沈む悲しみは　どんな恍惚も
かなわぬほど高く上るからだった
「そうじゃ　神は慈悲深くあられる」
老人は黙っている娘に言った　　　　　　　　　　　　　1355
「姫よ　まさに　この暗い夜にも
天上には　星は輝いておる
姫の兄者はご存命じゃ　生きておる
おそらく　もう屋敷に戻っておろう
さあ　この鬱陶しい場を離れましょうぞ」　　　　　　　1360
娘は応じた　そして目をあげることは
なかったが　ゆっくりと
リルストーンの屋敷の方に歩んでいった

第六巻

　なぜフランシスは来ないのだろう
悲しみのあの町から逃げ出したのに　　　　　　　1365
逃走中　フランシスには大聖堂の鐘の
死の響きが聞こえていた　あの陰気な鐘の音は
誰にも悼んでもらえぬママデュークに別れを
告げていたのだ　甘く咲きかけた花　あのアムブローズ
あの者にも　一時間もすれば死ぬみなの　　　　　1370
みなのための　弔いの鐘だったのだ

　なぜフランシスは来ないのだろう　愛おしい
想いで愛する妹のもとへ　速い鳩のように

戻ってきてもいいはずなのに
すばやい翼の天の使いのように 1375
現れてもよいはずなのに
なぜ　フランシスは来ないのだろう
フランシスはヨークの平野を一目散に
西に向かった　わけも　理屈も
お構いなしに　誰にも邪魔されず 1380
先を急いだ　復讐に燃えた軍と容赦ない
仕打ちのこれ見よがしの数々の
残虐行為で　辺りに蔓延する
悲しみに　目をつぶり
村々を抜けてきた 1385
逃走中　見ざる聞かざる
虚ろな恐懼　虚無　強い戦慄に
晒されたフランシスには　苦悩の
胸中以外は　一切が死の世界　そして
逃走しながら　意識して目をやったのは 1390
手にしている御旗であった
フランシスは虫の報せか　はたと止まった

彼はまるで謀られた者のように辺りを見た
何を自分はしたのだろう　何を約束したのだろう
おお　無力な　無力な瞬間　そのような 1395
空しい奉納が何の役立つのだろう
そして　自分がその運び屋　その悲運の

軍旗を持って進み　故郷を前に
言い訳の立つ弁明の機をどこで　どこで
見つけられるというのだろう　無理だ　　　　　1400
誰だってこの変りよう　落人の成り行きを
厄介で　奇妙　と考えないはずがない
軍旗はここにある　だが　どうやって
何時　また妹は　無実のエミリーは
この惨めな代物を眼にするのだろう　　　　　　1405

フランシスはそのように　長らく
葛藤し　自由も安堵もえられず
己の命を　この悲しい任務で
危険にさらした　そんな思いが
激しい自己不信を掻き立て　　　　　　　　　　1410
勇敢な男の判断を狂わせた
どうして　これがすべてを
お見通しの摂理　あきらかに
示された天意でないなら　どうして
この軍旗が　ぶるぶると震える　　　　　　　　1415
無感覚のこの手に　こうも固く
何の邪魔も入らず　渡されて
握られているのだろう
天意が示されるためでないなら
どうして　父が恨みもすべて　　　　　　　　　1420
反故にし　臨終の今際に　許し

祝福して　息子に漏らした父の
祈りの成就を妨げる障害も
邪魔も　フンシスの眼に
入らないのであろう 1425
その時　亡霊のように　ふと彼の心に
よぎったのは　イチイの木陰で
エミリーにした徹底した荒廃の預言
であった　彼は　溜息をつき
あの酷な羽交締めをしかけてくる運命に 1430
身も心も差しだした
「選んでいる余地はない　やるのは　わししかおらん
みな死んだ　死んでしまった　行こう
みなのため　禍福がどうあれ
祭壇に　この遺旗を供えよう」 1435

そこで覚悟を決め　フランシスは
進んでいった　平野　丘陵を越え
ウォーフの谷間を上り
進んでいった　明け方に
ボルトン塔がそびえて 1440
見える峠に着いた
フランシスはしばし　そこで
立ち止まった　しかし　ほら　背後に
勢いよく駆けて来る騎兵らの騒めきがする
フランシスは　動揺して聞いた　軍団を 1445

率いているのはジョージ・ボウズ卿
残忍なサセックスに遣わされ　追ってきたのだ

ノートン一家が死の手から　処刑を
受けたとき　サセックは　どのように
フランシスが軍旗をわが物だ　と要求し　　　　　1450
その場の全員に敬意を払われつつ
立ち去ったかを思い起して　怒り心頭
屈辱に燃えたのだ　フランシスの
大胆な物腰（相手をこのように
完全に鎮め　すべての非難を　　　　　　　　　　1455
撥ねのけたあまりに見事な
振る舞いに　悪党どもでさえ
抗う術さえなかった）が

その後思い起こされ　奴がどこに
逃げようが　生死を問わず　　　　　　　　　　　1460
捉えろと　即 命(めい)が下された

騎馬隊はフランシスの姿が
丸見えの高台に陣をとり
彼を取り囲んで　叫んで言った
「見ろ　手に持つあの徴　証拠の品だ　　　　　　1465
奴は丸腰　ひとり歩いておるぞ
どうしてか　だと　父親の領土を守る
ためだとさ　一族のなかでも屑野郎
薄汚い　臆病な逆賊よ」

「逆賊ではないわ」とフランシス　　　　　　　　1470
「不運なこの旗を手にしておるが
手放すわけにはいかぬ　よいか
誤まるな　せっかちで
目先が眩み　激しい自責で
苦しむ者に　狼藉を働くでない」　　　　　　　　1475
ここでフランシスは踏みしだかれた道から
有利と思える茨の藪に退いた
そこで　孤軍ながら　勇武の面構えを
見せ　身を守り　果敢に立った
もはや　丸腰ではない　　　　　　　　　　　　　1480
ひとりの兵士の手から槍を奪い

取っていた　こうして　身を固め
攻めくる兵に目を配り　ぐるぐると
向きをかえたが　卑怯にも槍兵が
背後からフランシスを地に倒した　　　　　　1485
倒れたとき　護身の槍が手から
落ちたが　もう片方の手には
旗がしっかと握られていた　そして
軍団で手柄を一番熱く狙うひとりが
飛び込んできて　語るのも辛いことだが　　　1490
まだかすかに意識のある高貴な彼の
目が開いて　倒れているうちに
狩人が獲物を捕らえるとき
さながらに　軍旗を奪った
ちょうど　温かな命の血が流れだし　　　　　1495
おお　姫よ　善良で無垢なそなたが
刺繍した運命の御旗の御傷が
さらに深紅に染まった直後であった

誇らしげに騎馬兵らは軍旗を
持ち去った　そしてフランシスは　　　　　　1500
倒れた場に　涙も流されず
置き去りにされ　二日の間
誰の目にも留まらなかった
というのも　その時　戸惑うほどの恐怖が
辺り一帯を襲っていたのだ　だが　　　　　　1505

三日目にノートン家の小作人がひとり
通りかかり　野ざらしの遺体を見た

男は遺体の顔を見るや　尻込みし
最寄りの家々に駆けこみ
遺体の場にみなを案内した　何と　　　　　　　　　1510
リルストーンの屋敷は寂しいことだろう
これが先ず　みなの脳裏に浮かんだ想いであった
かりに寂しい姫が　屋敷にいたとしても
小作人らは苦悩と絶望のこの遺体を
姫に届けられるはずがない　　　　　　　　　　　1515
　そこで　悲しい想いに　なお
悲しい想いが圧し掛かっていたとき
みなは　もし司祭が同意するなら
そして　みなの意図を　誰も
妨げないなら　是が非でも　　　　　　　　　　　1520

聖なる大地に　墓を建て
修道院の墓地に埋葬するのが
最善だと考えた

ほぼ間をおかず　フランシスが眠る
墓が　離れた場所につくられた 1525
フランシスが立派な家柄の出自で
あることと　辺りに誰一人親戚が
おらぬという純粋にそれだけの
理由で　混乱も　手抜きもなく
小作人らは墓をつくった 1530

そうして　村人は遺体を棺に納め
墓地に向かい　運んでいった
みなで詩篇を歌ったが　それは丘陵にも

谷間にも悲しく響く聖なる歌だった

しかし　エミリーは頭をもたげた　　　　　　　　　　　1535
そして　またもや不安に襲われた
自分の眼で見なくては　あれほど大勢が行ったのだ
孤独な兄はどこにいるのだろう
エミリーはリルストーンの屋敷から
兄を捜すために外に出た　　　　　　　　　　　　　　　1540
おののきながら　ボルトンの廃墟と
なった修道院への道を進んだ
エミリーがやって来ると　谷間で葬儀の
弔歌が聞こえた　ひと塊の人の群れ
一か所に集まった人が見える　　　　　　　　　　　　　1545
エミリーは傷ついた鳥のように
飛びだし　墓石の場にやって来た
そして　地面にうつ伏して
事の完結　この結末の真実の
悲嘆と悲哀一切を受け入れた　　　　　　　　　　　　　1550

第 七 巻

　　　「俗世には感得できず
　　　誰も思いもよらない以心伝心で
　　　互に心底　分かりあえる能力がある」

天使の手で　華やかに
この姫のためにハープを
強く奏で　従順な弦を
呼び覚ます霊よ　さあ　言ってくれ
霊よ　姫は哀れに悩む頭を　　　　　　　　　　　　1555
隠そうと　どこに逃げたのか
どのような暗い大きな森が姫を覆い

隠しているのか　言ってくれ　荒野で
口を開けた墓が　その居場場所なのか
荒波が打ち寄せるどこかの島が 1560
悩める姫の最後の避難所なのか
または　霧と雲が険しい尾根を覆う
どこか切り立つ岩がそうなのか
高く聳える岩か　陽もささぬ深い谷か
海か　砂漠か　だが　これらがなんの役にたとう 1565
おお　姫の悩み　姫の恐怖を
年月の深い奥処に引き入れてくれ

終わった　略奪と荒廃は
リルストーンの美しい領地一帯を
吹き荒れた　池も　テラスも　道も 1570
一面　草　草　草　あちこちの四阿も
倒壊か　ゆるやかな変化に曝されていた
昔　ノートン家が暮らした地で
家名は忘れ去られ　威厳のある
屋敷は　誇りを奪われ 1575
荒廃が　庭園　平野辺り一帯を
覆い　まさに　陽気な春を
あざ笑う衰滅の世界であった
そして　この静寂の陰鬱さに
相応しい喜色の失せた姫が 1580
まるで配下に　荒野を従えて

いるかのように　やって来る
そしてサクラソウの静かな
土手の玉座に　つい最近まで
亭々たる木々が　枝を張り   1585
鳥たちの甘い歌声が響き
輝いていた緑の森の
廃れ跡に　姫はひとり座している
まるで処女王のように　女王然と
運命のこれらの外の世界に   1590
目もくれず　険しく　厳しいながら
聖なる鬱懐に一切任せ　不運と変化の
思いを数々経験し　心の内を
支配する安らぎを秘めた
あの姫を見るがいい　実に見事な   1595
優雅さに加え　それに似た威厳が
姫の顔に表れている
顔にははっきりと威厳を
留めているが　しかし
輝きを失うはずがない顔は   1600
優しさと穏やかな喜びと
いつも輝く愛らしい親切心の
和かな輝きを　完全に失うはずの
ない顔は　だが生来のものとは
違う影が覆っているかに見える   1605
それが姫の際立つ面貌だった

服装（毛糸の帯をした上着
染めてない毛糸の頭巾）は
質素で　放浪する巡礼者の
慎ましい出で立ちだった　　　　　　　　　　　　1610

姫は　枯葉さながらに　あるいは
はるか未知の地に　あちこち
吹きやられる船さながらに
苦難と悲哀をかかえ
陽光と星明りのもとを　　　　　　　　　　　　　1615
遠く　遥かうろついた　しかし
ようやく　故郷のクレイヴンの荒野に
港を　あえて求める気になった
そして　ふたたび父の屋敷を眼にし
その不屈の精神を示してみせた　　　　　　　　　1620
姫は大きな悲しみを負ってきた
しかも　まったく独りであった
姫の魂は　それ自体　過去の
思い出と理性に　支えられ
人の愛の脆さを超えて　　　　　　　　　　　　　1625
しっかと立っていた　そして
怯まず　気高く　冷静に
まったく　動じなかった

こうして　エミリーは　朽ち木の下で

破壊の猛威から逃れ 1630
樹齢も顧みられぬ一本だけ
残った葉もない樫の下で
座っていた　そこで　頭を傾げ
運命の偶然で仲間と離れ
喜びの大地の木陰で 1635
まさに生えて枯れる品位ある一輪の
花（そう私には見えた）のように
腰を下ろして　休んでいた

そのとき　遠く雷音を響かせ
鹿の群れが勢いよく駆けてきた 1640
そして突然　なんという不思議だろう
駆け抜ける群れの一頭が
駆けている最中　一頭だけが
立ち止まり　大きな丸い目を
エミリー姫に向けたのだ 1645
飛びぬけて美しい純白の鹿
見事に　銀色に輝く鹿だった

こうして脚を止め　しばし鹿は
留まった　しばし考え深げに
立ち止まり　それから忍び脚で 1650
近寄り　姫にいっそう近寄って
辺りを見ても　心配な要因も

見当たらないと分かり　姫の足元に
やってきて　膝に頭をのせ
まことの慈愛と愛おしい 1655
澄んだ　懐かしそうな
眼差しで　姫の顔を
覗き見た　エミリーは
思った　これは　何年も前の
あの同じ　あの白鹿だわ 1660
エミリーは哀願する目を見
あふれる思いに　たまらず
涙にむせび　溢れる涙は
幸せな鹿の顔にこぼれて落ちた

おお　祝福の一瞬(とき)　おお　神に　　　　　　　　　　1665
愛され選ばれた愛しい対のもの
これぞお前たちには　かけ替えのない挨拶
この一瞬が実り豊かな出会いであらんことを
彼らは再会した　森の白鹿は
鹿はこのまま去れようか　昔　遊び仲間で　　　　　　1670
今や　大事な聖なる姫をそのままに
通り過ぎられようか　そしてエミリーは
遠い昔の事ども　喜びと悲しみの
この素晴らしい想い出を留める鹿を
受け入れないはずはないではないか　　　　　　　　　1675
独り悩めるあの姫が　あの訴える表情を見て
あの約束を信じないはずがないではないか
慈愛の賜物として　白鹿がもたらす悲痛な
思いを　歓迎しないはずがないではないか

その日　再会の初日　　　　　　　　　　　　　　　　1680
懐かしのやり取りをしたその日
四月の香しい天候の日
エミリーと白鹿は森をたむろした
そして夜露がおりる前　姫が
森の馴染みの場を離れると　白鹿は　　　　　　　　　1685
忠実な足取りで　姫の住居　姫が
父祖の地に以前見つけておいた
住居の一画までついてきた

その家の主人はかつて父をわが主(あるじ)と
田舎の食卓に迎えた者だった 1690
そのあばら屋は房のある木々に
囲まれ　リルストーンの小川が
ウォーフ川と交わる場所にある小屋だった

エミリーが朝日に誘われ　戸外に出ると
そこに白鹿が見え　立っていた 1695
エミリーは一瞬身を引いた　微かな心痛を
覚え　祈りが口をついてでた
姫は白鹿をもう一度見た
避けないで　耐えようと　思った
だが　周りを見ても　今や辺りは 1700
すべてどこも惨劇に見舞われた地
だからこそ　今この落ち着かぬ
界隈を　今一度離れるのが良いと
考えた　白鹿は　頼まれるでも
追い返されるでもなく　谷間を上り 1705
アマデイルの薄暗い分かれ道の
奥まったもう一軒の家まで　ついてきた
これまで来たこともないその地で　エミリーは
元気になるかもしれぬからだった
どうして　ダーンブルック川の隠れた 1710
道もない山腹の苔生した岩や木の話を
エミリーを和ませ　元気づけ　健やかにする

親交の深まる行きつけの場を　話しをするだろう
それは姫が　黙ってついて来る
白鹿の眼にやどる尽きない昔話　　　　　　　　　　1715
時　場　想い　行為を　いくばくでも
読み取ろうとするからなのだ
白鹿は　人の理性に似た能力を働かせ
姫の願いを宿す表情から
つまり　内なる心で変化する　　　　　　　　　　　1720
表情　振る舞い　声　態度から
いつ近づくか　退くか
よい頃合いをわきまえていた
もし　姫があまりに感情を昂らせ
腕を組んだり　深く息を吸ったり　　　　　　　　　1725
足早や　あるいは　鈍い歩きと
その具合で　どんな気分も理解ができた
だから　この以心伝心が真実であり
真心の交りが生まれるのも当然だろう
おお　確かに　白鹿が山で　　　　　　　　　　　　1730
草をはんだり　牧場であちこち
うろついたりするのを　姫がふと
見かけると　穏やかに胸が昂った　また
このはぐれ鹿が陽当たりのよい土手で　姫の
傍に座ったとき　どんなに姫は和んだろう　　　　　1735
繁った木陰で　まるで巣ごもりの連れ合いの
ように　この者らが憩うとき　どんなにか

心地よかったろう　暗い岩窟で
横になる姫の前の岩の入口を
青空高く漂う真っ白い雲のような　　　　　　　　　　1740
白鹿が横切ったとき　どんなに
美しい光景だったろう
いまや苦痛や恐怖の種の何が残っていよう
その存在は　ますます愛おしく
さらに　愛おしくなって　　　　　　　　　　　　　　1745
この一組が　並んで　さまよったり
牧童の笛が吹かれたりしているとき
朝は　露の野に歓びを生じさせ
月明りの寂しさは　一層深い
安らぎを　与えていた　　　　　　　　　　　　　　　1750

姫は　相棒とそのような心持ちで
リルストーンに戻って行った
そして荒れた木立を抜けて　不安に
感じるでも　失意に沈むでもなく
聖く　穏やかで　有難い鬱懐の　　　　　　　　　　　1755
陽がささぬでもなく　光に照らされなくも
ない　だが優しい空想に輝く陰鬱の
春日和の祝福された世界へ
と分け入って　懐かしの
愛の思い出を味わっていた　　　　　　　　　　　　　1760

リルストーンの修道院の鐘が
安息日の音を「神よ　助け給え」
と響かせた時　その響きは
私が思うに聖なる鐘に刻まれた言い伝えの銘
その言い伝えと姫の先祖の名を　　　　　　1765
告げているような響きであった
温順な姫が　子ども時代
なんども読んではいたが　あの時
見向きもしなかった「神よ　助け給え」
しかし　いま　あれほどの悲しい変化が　　1770
起こり　姫は寂しきその先祖の名を考えた
リルストーンの鐘は　姫が木陰に座り
耳を傾けていると「神よ　助け給え」と

歌い　語っているようだった
丘という丘は　この時に適った　　　　　　　　　　1775
祈りを悦んで　唱和した

姫は理性のしっかりした判断がないわけ
ではなかったが　そばに白鹿を伴って
ノートンの物見櫓に上っていた
そして　そこから遥か　辺りを見回して　　　　　　1780
自分の運命に想いを馳せた　辺りは静寂
か弱い鹿が姫の気持ちを宥(なだ)めてくれた
見ろ　預言は成就した　成就したのだ
そして　今や　姫には自分の役目がある
しかし　ここで兄の予言は　外れていた　　　　　　1785
ここには　兄を　家族全員を　奪われた姫には
まだ　この忠実な相棒が残されており
兄の言葉よりもっと穏やかな運命が待っていた
兄の予言通りに去らなかったこの相棒は
姫のためにとどまり　愛してくれている　　　　　　1790
兄を失い　ひとりであれ　家族全員であれ
失って　たとえ涙が浮かんでも　こぼれはしない
だが　ときどき　姫は　魂が静かに
寝入る頃　胸に迫って　そっと泣いた
この最後の生きている友を想うと　　　　　　　　　1795
涙が　頬をつたって落ちた

心優しい者たちよ　この者らの運命を祝福するがよい
両者のために　この荒涼とした場を祝福するがいい
エミリーがかずかずの理由で　愛おしい
聖所と捉えているこの場所を 1800
この高台の頂上にほど近い
姫の目の前のここには　岩に囲まれた
草叢の囲い地があった　白鹿が
初めて見つかった場所だった
この臆病な　じつに美しい虜 1805
泡のように染みひとつない若鹿を
末の兄が家に連れて戻った
まだ当時　元気いっぱいの末の兄は
若鹿を抱え　というか連れ　リルストーンの
屋敷に意気揚々　喜び勇んで戻って来た 1810

しかし　姫は　気持ちの良い夜は
ボルトンの聖なる修道院に好んで通い
回廊や　中庭　通路を　そっと歩む
白鹿に伴われ　うろついた
姫は静かな月光に映える聖マリアの 1815
社(やしろ)を見るのも　フランシスが
終の棲家で眠る淋しい芝地を
見るのも嫌がらず　やって来た
そして　そこで　よく独りで
かといって　愁うるでもなく　座っていた 1820

そして沈思の淵から　我にかえっても
怯みも　嘆きもしなかった
そして　足元に　愛と憐憫に満ち
寝そべる物言わぬ連れに
生きて　挨拶できるのが倖せだった　　　　　　　　1825
そして鹿の　分かっている　と
言わんばかりの視線に出会い
どれほど倖せだったろう
あの慈愛の顔から輝く　穏やかな
視線　下等な白鹿の心根と姿に向けられる　　　　　1830
新たな朝の陽光のような応答

私たちは　初めて私たちを
訪れたあの見えざる御霊が注いだ御力に
天上の御力の賜物に　励まされ
死にゆく者の歌をひとつ歌おう　　　　　　　　　　1835
実は以前　私たちは御霊の声を聞き
その御手と御翼が　そよ風のように
意識の琴線に触れたことがあった
あの時　私たちは　寂しく取り残され
この崩れた僧院の前で　絵空ごとの夢でなく　　　　1840
人々の心に広がる苦難と空虚
喜びの抜け殻　まさに抜け殻と
いえる　似たような歌を色々歌った
だが　それは地上で　再び　二度目に

さらに高貴な誕生を味わうためだった 1845
おぞましい破壊　とはいえ　浄められ
再度の高みへの上昇はなんと高いことだろう
麗しく　さらに麗しく　日一日と
ますます神聖に　気高い生き方　まさに
このように　この祝福された巡礼者は 1850
悲しみで　神の方に引き上げられ
誰にも干渉をされぬ　清い極みの
天空にまで引き上げられ　歩んでいた
姫は自分の考えを善しとした　そして
相棒の下等の友に親愛の視線を注ぎ 1855
そこに姫は留まった　姫の渇きは
この無邪気な泉で満たされた
姫は　心のうちで誓いを立て
世間の煩わしさから身を引いた
嫌いやでなく　困窮者には 1860
手を貸し　ウォーフ渓谷の
百姓たちの祈りに加わり
世俗の世界には戻らず　ついに
こうして次第に　衰弱し
大地と結ばれ解き放たれ　亡くなった 1865
高く揚げられたエミリーよ　壊滅の
家族の乙女よ　お前の魂は　古巣の
神の御許に上っていった
亡骸はリルストーンの

教会の母の傍に埋められた   1870

なんという神々しい日没　一条の光
今日の夕昏の名残りが
野原が養い　森が盾となって護る
あの美しい白鹿に　聖なる場を
満たし　天の慈愛を応分に帯び   1875
動物の法(のり)をはるかに超えた記憶と心を
やどすあの白鹿に　一条の光が留っている
愛しい姫が　かつて愛しいまでに
好んだ場を　あちこち　淋し気に
しばしば訪ね　エミリーがとりわけ   1880
好んだ墓地の一画をとりわけ好み
そっとよぎる亡霊のように
ここをうろつき　安息日のたびに
ここに姿を見せて　荒野の谷間に
教会の鐘が響くと　人々と一緒に   1885
白鹿はやってくる　安息日には開く
向こうのアーチを抜ける入口を
見つけ　いくつもの崩れた祭壇や
壊れた社　そして　崩れ落ち
華やかな雷文模様が散乱した床の   1890
悲哀ただよう廃墟の中を歩き
崩れた僧房や墓　あるいは
地下の納骨堂の傍を

草叢に鈍く光る記念の銅板や
勇敢な兵士たちの銅像の傍を 1895
そっと進み あるいは 止まる
だが とくに 例のひとつの
墓の傍に あの人目につかぬ
ひとつの緑の塚の傍に 悲しみに
沈む巡礼の白鹿の姿が見える そこに 1900
この穏やかな動物は そうした障害物にも
動じることなく 寝そべっている
天と地の慈愛につつまれ
是とされている穏やかな姿
私には 蹂躙と崩壊に征服された 1905
この古い僧院が 微笑みを 慈愛に
あふれた微笑みを 浮かべ 白鹿を見下ろし
こう 語りかけている風に思われる
「お前は お前は この世の子に非らず
　永遠の花の盛りの娘なり」 1910

原・訳註

本詩訳のテキストは *The Poetical Works of William Wordsworth* III ed by E.de Selincourt & H.Darbishire（Oxford, 1954）を用い、註についてはワーズワス自身の註（使用したオックスフォード版テキスト（1954）をワーズワス第三巻と記し、引用頁を示すことにする）、Alice Pattee Comparetti: *The White Doe of Rylstone* by William Wordsworth（Cornel University Press, 1940）、The Cornell Wodsworth Collection, Kristine Dugas (ed), *The White Doe of Rylstone*（1988）など参考にして付している。

ワーズワスは極めてながい註で、本詩が二つの資料（1）地元の伝説（2）パーシィ（Thomas Percy, 1729-1811）のバラッド集（*Reliques of Ancient English Poetry*, 1765）に掲載されている「北の蜂起」（Rising in the North）という題のバラッドをもとに書かれたと以下のように説明する。

　　　　　　　　　　　　　　　ワーズワス　第三巻　註535-36頁。

「リルストーンの白鹿」の詩は地元の伝説と、パーシィの拾遺集に収められている「北の蜂起」というバラッドをもとにしている。その伝説はこうである。「この当時、修道院解体後間もないころ、近隣の古老たちの話しでは、白鹿がボルトンの谷間を越え、リルストーンから長い期間にわたって毎週巡礼し、礼拝中修道院の墓地でいつもその姿が見られ、礼拝後には他の会衆たちのように決まって戻って行った」―ウィトテイカー博士の『クレイブンの教区史』[Thomas D. Whitaker (1759-1821): *The History and antiquities of the Deanery of Craven, in the country of York*, 1805, p.383.]―「リルストーンはノートン家が所有する屋敷で、無謀で不運な蜂起によって名の知れた家族である。私はバラッドに記録されているような一族の運

命の主な事件とこのバラッドを結びつけるのが適切と考えた。」

　白鹿が姿を見せるボルトン修道院のワーズワスの説明を要約しておこう。「ウィテイカー博士は彼の名著『クレイブン教区の歴史的な遺跡』で次のように述べている。「ボルトン修道院は、浸水から十分守れる高い立地と、景勝に適うに十分な低地のウォーフ川の美しい湾曲部に建っている。

　修道院の東窓に対抗してウォーフ川がほぼ垂直な岩のふもとを流れ、いくつかの鉱床が、考えられないほどの時の流れによって、うねうねとした曲線に捩じられている。南側はすべて穏やかで快い。太陽を映し出すほど穏やかな川の近くにいくつか牧場が見える。その向こうのうねる丘陵は、さほど近くなく、冬も太陽の日差しを遮らないほどの程よい標高である。

　しかし、結局ボルトン修道院の素晴らしさは北面であり、えり好みの厳しいどのような最高の風景を求めるにしても、ここにはそれが見つけられるだけでなく、その適切な立地も見事である。正面眼下には、公園のような囲い地があり、見事に成長した土地の楡、トネリコが点在し、右手には周りを取り巻く樫の森があって、ごつごつと突き出ている灰色の岩がある。左手には茂っている小藪があり、下の森の豊かな緑、温かさと豊穣と対称に、不毛な岩だらけのサイモン峠とバーデンの谷が続いている。

　ボルトンの上流ほぼ半マイルほどのところで、谷は終わり、ウォーフ川の両岸には鬱蒼とした森が覆いかぶさって、その森から灰色の垂直の岩が間隔をおいて突き出ている。

　この閉鎖された景色は以前はほとんど人も近づけなかったが、最近川の両岸に小道が切り開かれた、そしてもっとも興味深い地点が賢明な森の間伐によって開かれ見られるようになった。ここは支流が滝から、勢いよく

流れ、森の谷間をぬけてウォーフ川と合流している。ウォーフ川自体岩の深い裂け目の中に姿をほぼ隠しておるかと思えば、次には木が茂った島を囲む激しい洪水になり、時折は一瞬穏やかになるが、その後は本来の活発な、不規則な激しい流れになる。

　以上述べた裂け目は恐怖のストリッド（訳註　峡、急流場所）であり、この裂け目の川は冬の大水を受けきれず、両岸は、岩床、あるいは小川の窪みがいっぱいあるむきだしの花こう岩の広い筋が出来ている。これはそれほど数多くイングランド北部に激流があるという証左なのだ。しかしここでウォーフ川が視界から消えたとしても、「水の怒れる霊の声」が周囲の森の沈黙のなかで、ひと際高く、そして下の方で聞え、深く厳かな雄叫びによって聴覚に訴えてくる。

　この景色の最後に見えるのがバーデン物見搭の廃墟で、その形、立地から、さらにまたその廃墟が呼び起こす回想から　一層興味を引く。」

ワーズワス　1820

イングランド北部の蜂起

　ワーズワスは『リルストーンの白鹿』の資料としたバラッドに歌われた蜂起の歴史的背景の説明と、バラッドをつぎのように紹介している。

ワーズワス　第三巻　536-38 頁。

「このバラッドの主題は一五六九年、エリザベス女王統治一二年目の大きな北部の争乱であり、これがノーサンバランドの第七代伯爵トマス・パーシィにとって命取りとなった。

　この争乱前、イングランドで当時囚人であったスコットランドのメアリ女王と素晴らしい人格者の貴族ノーフォーク公爵との間の婚姻を進める秘密裏の交渉が、スコットランド貴族とイングランド貴族の何人かの間で行

われていた。この婚姻はイングランド貴族の最重要人物みなに、とりわけ、北部の強力な二人の貴族、ノーサンバランド伯爵、ウェストモアランドの伯爵に打診された。

　イングランド女王にとっても多くの利点があり、スコットランドとの紛争の無難で、早期の解決策に思われたので、貴族たちは、もしエリザベス女王が納得ということになればという条件で、全員がこの策に同意した。女王のお気に入りのレスター伯爵がこの件を女王に打ち明ける役を引き受けた。しかし、レスター伯がその機会をとらえる前に、他の者から女王の耳に情報が伝わった。女王は烈火のごとく激怒し、ノーフォーク公爵は数人の友とロンドン塔に幽閉された。北部の例の伯爵たちには宮廷に出頭せよとの召喚状が直ちに送付された。ノーサンバランド伯爵は、温和で穏やかな性格であったが、この伝令には従わず、女王の寛大さと慈悲にすがるべきではないのではないかと考えあぐねていた。一五六九年一一月一四日深夜、敵軍の一隊が伯爵を捕らえにやってきたとの突然の通報に、明らかに伯爵は苦肉の策をとらざるを得なかった。伯爵は当時ヨークシャーのトップクリッフの自宅にいた。あわてて、ベッドから飛び起きて抜け出し、ブランセペスのウェストモアランド伯爵のもとに身を寄せた。ブランセペスは国中のカトリック教徒たちが集結し、自衛のために武装を二人の伯爵に迫ったところである。二人は、その結果、軍旗を掲げ、王位継承を堅固なものにし、従来の貴族の壊滅を防ぐため、旧教を復興させる彼らの意図を宣言した。彼らの共通の軍旗は、キリストの五つの傷と十字架があしらわれたもので、この事件で息子ら（とりわけクリストファー、ママデュークとトマスが、キャムデンによってはっきり名が挙がっているのだが）と共に、名を馳せた老紳士リチャード・ノートンによって運ばれていた。彼らはダラムに入ると、聖書を破り捨て、そしてミサを唱え

て、その後、仲間を招集するウェザビー付近のクリフォード荒野に進軍した。・・・・もてなしで多大な財産を浪費し、そのために極めて人気があった二人の伯爵は、現金に事欠き、彼らの軍を養う金など全く持ち合わせていなかった。ノーザンバランド伯爵は手許にわずか 8000 クラウンしか持ち合わせがなく、ウェストモアランド伯爵は軍兵を養う金が全くなかったので、伯爵たちが当初予定していたようなロンドンへの進軍は不可能であった。こうした状況下でウェストモアランドは見た目にもやる気をなくしはじめ、兵の多くが逃亡していった。しかしノーサンバランドは依然として志をもち一二月一三日まで戦場で指揮を執ったが、この日、サセック伯爵はハンスデン公・他に伴われ、大群の先頭をヨークから、アムブローズ　ダドレイ、ウォリック伯爵の指揮下のさらに大きな軍を従えて進軍したため、反乱者は辺境に撤退し、そこで従軍を解散させスコットランドに彼らを逃亡させた。この動乱は流血がほとんどなく鎮圧されたが、サセックス伯と軍の指揮官ジョージ・ボウズ卿は膨大な数を軍法にかけ、通常の裁判をせずに、処刑した。サセックス伯はダラムで六三名の治安官を即座に絞首刑にした。そしてブラウン卿は、ニュウカースルとウェザビーの間、長さ六〇マイル、巾四〇マイル領内で、数名であったとしても住民を処刑しなかった町や村はほぼ皆無であった。モンマスの反乱（Monmouth's rebellion, 1685）以後、西部で行われた残虐行為を、これは凌ぐものであった。

　これが、ストウ、スピード、キャムデン、ガスリー、カート、そしてラピンから集めた説明であり、あきらかに、下記の北部の誰か吟遊詩人の作のバラッドと詳細はほぼ合致している。」

『北の蜂起』

1　お聞きなされ　快活な殿方の皆の衆
　　わしの言う事を　よく聞きなされ
　　わしは北の気高き伯爵を　この上なき
　　気高き伯爵の歌を歌って聞かせよう

2　パーシィ伯は庭にでた
　　後を美しい奥方が歩いていった
　　「わしはこの耳で　一羽の小鳥がわしは戦うか
　　逃げねばならん　と歌うのを聞いたのじゃ」

3　「愛しい旦那さま　そのような不幸が
　　あなたの身に起こりませんように
　　ロンドンに　宮廷においであそばせ
　　真実と潔白が公平に下りましょう」

4　「いや　いや　快活な奥よ
　　ああ　そちの勧めはわしにはそぐわぬ
　　わしの敵は　もう攻めてきておる
　　わしは宮廷には行けぬのじゃ」

5　「でも旦那さま　宮廷にお出でなされませ
　　お供に勇者たちをお連れになって
　　かりに誰ぞが不法を働けば
　　その時は　その者らが盾となりましょう」

6 「いや　いや　美しい奥よ
　　宮廷は策略で満ちておる
　　もしわしが宮廷に参れば　奥よ
　　そなたには　二度と会えまい」

7 「それでも宮廷にお行きになって　旦那さま」と奥方
　　わたしも　馬でお供して参ります
　　わが愛しの旦那様のため　宮廷で
　　わたしが忠実な人質になりましょう」

8 「いや　いや　愛しい奥よ
　　わしの奥を危険と抗争に巻き込み
　　残忍な敵の間に置き去りにするくらいなら
　　わしが死んだ方が　まだましじゃ」

9 「だが　小姓よ　ここに来い
　　このわしの所に　来るがいい
　　そなた　できるだけ急いで
　　ノートン伯のもとに行ってくれ

10 この御仁に　よろしく言って
　　わしからの書状を渡すのじゃ
　　そして　ノートン伯が味方となって　馳せて
　　下さるよう　わしが頼んでおる　と言うのじゃ」

11　しばらく小姓は進み
　　また　しばらく駆けた
　　そして旅の目的地に来るまで
　　小姓は決して止まらなかった

12　その郷士のもとに
　　小姓が来るとひざまずいた
　　そして両手に書状を取って
　　郷士にそれを差し出した

13　書状が　その立派な
　　友の前で読まれたとき
　　もし　諸君が真実を知れば
　　多くのものが泣いたと　わしは思う

14　父は言った　「こちらに来い　クリストファー・ノートン
　　そちは勇ましい若者に思えるが
　　息子よ　あの立派な伯爵殿の身が危ない
　　お前の存念はどうじゃ」

15　「父上　私は公平かつ偏見はござりません
　　あの伯爵殿は高貴なお方
　　父上があの方になんと約束されましょうとも
　　父上にお約束は違えて欲しくありません」

16　有難い　息子よ　クリストファー
　　そなたの言い分　気に入った
　　もし　わしらがうまくやり　生きて逃れれば
　　そなたを篤く処遇してやろう

17　九人の息子よ　こちらに参れ
　　そなたらは勇者と信ずるが
　　可愛い子供らのうち　何名が
　　あの立派な伯爵と　わしの側につくかな

18　九人の内八人が返事した
　　八名のものが　すぐに話した
　　おお　父上　われら死ぬまで
　　あの善良な伯爵殿と父上の御傍におります

19　有難いのお　可愛い息子らよ
　　そなたら自身　まさに大胆　勇敢とみた
　　わしが　生きようが　死のうが
　　そなたらは父の祝福を受けるじゃろう

20　しかし　お前は　フランシス・ノートン　何という
　　お前はわしの嫡男　後継ぎじゃ
　　お前の胸には何かあろう
　　それが何であれ　わしに言うてみぃ

21 父上　父上はお年です
　　御髪も白く　お髭もごま塩
　　父上のお年で　このような騒動に
　　蜂起など　恥さらしになりましょう

22 貴様　黙らんか　腰抜けのフランシス
　　貴様は　わしの想いを分かっておらん
　　貴様が幼く　年端も行かぬころ
　　どうしてわしが貴様をこんなに大事にしたか

23 でも　父上　私は　武器をもたず
　　丸腰で　父上と参ります
　　王冠に刃向かう者は
　　酷い死を味わうことになるでしょう

24 それから　その敬愛すべき紳士は蜂起した
　　そしてノートンと　立派な部隊が出立し
　　勇敢なパーシィ伯爵　ノーサンバランドの
　　花形に加わった

25 ノートンらに加え　貴族ネヴィルがやってきた
　　ネヴィルはウェストモアランドの伯爵だった
　　ウェザビーで伯爵らは軍を集めた
　　一万三千の見ごたえのある兵だった

26　ウェストモアランド伯爵は軍旗を上げた
　　褐色の牡牛の旗を高々掲げた
　　そして黄金の首輪の三頭の犬が
　　いとも堂々と出立していった

27　パーシィ伯爵はウェザビーで半月が
　　見事に輝く自分の軍旗を上げた
　　ノートンの軍旗には十字架と我らの主が
　　負われた五つの御傷があった

28　その時　サア・ジョージ・ボウズはすぐ
　　立ち上がり　伯爵らを追い　略奪のため立ち上がった
　　この伯爵らは取って返し　そして
　　そお　その騎士を捕らえてやると誓った。

29　ボウズは己の城に逃げた
　　その時　バーナード城へと逃げた
　　外壁を堕とすのは簡単だった
　　伯爵たちはやがて城壁に入った

30　城壁は漆喰とレンガであった
　　伯爵らは　城壁にすぐ入れたが
　　内側の城壁を堕とすには時間が要った
　　そこは岩と石でできていた

31　その真実の報せは大急ぎで
　　ロンドンにもたらされた
　　北の国のその蜂起の報せが
　　われらの女王に報らされた

32　女王はぐるりと向きを変え
　　女王然と言い放った
　　あの者らには　これまで北では
　　なかったような朝食を味わせてやろう

33　女王は　見るも見事な馬と馬具を
　　引き連れた三万の兵を挙兵した
　　北の国の伯爵らを捕らえようと
　　女王は三万の兵を挙兵した

34　その軍兵と　不実のウォリック伯
　　サセックス伯と　ハンスデン卿が出立した
　　ヨーク城に皆がやってくるまで
　　ひと時も休まず　止まろうとしなかった

35　さあ　ウェストモアランド伯爵　そなたの軍旗を揚げろ
　　われらはそなたらの褐色の牛が見たいのだ
　　それから　ノーサンバランド伯
　　さあ　そなたの半月を高く掲げるのだ

36　しかし　褐色の牛は逃げた
　　そして半月も消え去った
　　伯爵たちは勇敢　大胆だったが
　　この大軍相手に抗えなかった

37　お前　ノートン　八名の立派な息子と
　　彼らは死ぬ運命　ああ悲しい
　　そなたの敬愛する神も救いとはならず
　　麗しい花咲く青春も息子らを救えなかった

38　ノートン家と実に多くの勇者らが
　　残酷に命を奪われた
　　そして多くの子らが父を失い
　　そして多くの若妻がやもめになった

　　　　　　　　　　　ワーズワス　第三巻　538-42頁。

　　　　　　　　本詩　原・訳註

広告　1807年7月、日を特定できないが6日-10日の間にワーズワスは妹とボルトン修道院訪問。出版は1815年6月2日　参照、Mark L. Reed, Wordsworth: *The Chronology of the Middle Years*, 1800-15）（Cambridge, Mass., 1975.）

献詩　妻 Mary に献げられた詩。
1 行　バラが群がる格子垣の小屋、「ダブ・コッテジの果樹園にある小屋」、Sir George Beaumont 宛てのワーズワスの手紙（1804 年 12 月 25 日付け）に "We have lately built in our little rocky orchard a little circular Hut lined with moss like a wren's nest, and coated on the outside with heath…." とあり、弟 John の難破 1805 年 2 月 5 日の死で、そのままにしていたが、1805 年 6 月 11 日の Dorothy の Lady Beaumont 宛の手紙に小屋も完成させた、とある。散歩以外はこの小屋で過ごしており、最高の場とある。"we pass all our time except when we are walking—… In truth I think it is the sweetest place on Earth." *Letters of William and Dorothy Wordsworth, Early Years 1787-1805* ed by Earnest de Selincourt (Oxford Univ. Press, 1967), p.598.

10 行　「悲しみの矢に胸を刺され」（"pierced by sorrow's thrilling dart"）参照『妖精の女王』（*Faerie Queene*）Book 1, Cant.VII, st. 25, l.2. "and thrilling sorrow throwne his utmost dart."

14 行　「一緒に連れた純白の仔羊」　参照『妖精の女王』（和田勇一／福田昇八訳、ちくま文庫）第一巻、一篇、4 節 30 頁。「そばには乳白色の仔羊を紐でつないで連れていた」。

15 行　「殺害された勇猛なライオン」　参照　第一巻、第三篇　ユーナ姫を襲おうとして登場したライオンは、姫の姿に猛々しい力も失せて、9 節ユーナ姫の護衛になる。しかし魔術師アーキメイゴーが姫の尊崇する赤十字の騎士に化けて姫と一緒にいるのを、サンズロイが自分の弟を殺害した赤十字の騎士と思い、襲って化けの皮をはがし、次にユーナ姫を馬から引きずり下ろしたため（40 節）、ライオンが立ち向かったが、サンズロイに剣で差し殺されてしまう。

（41、42節）

22行　「至福は　死にゆく人間のもとにはとどまれない」『妖精の女王』（和田勇一／福田昇八訳、ちくま文庫、2005）第一巻、八篇、44節8行。（229頁）「幸福は長くつづくものではない」

　　ワーズワスは1805年2月5日弟John（29歳、アバゲイヴニー号船長）を難破で失い、1812年には、Catherine（3歳、6月5日没）、Thomas（6歳、12月1日没）と二人の子供を亡くしており、この『妖精の女王』詩行の言及にはワーズワスの実体験が刻まれている。

39-40行　穏やかなユーナ姫は・・・谷を低く下って旅をした。参照『妖精の女王』第一巻　7篇、28節「高く山を越え　低く谷を降り　多くの森をさ迷い多くの谷間を通って行った」

引用

13行詩

　　「動作は一時的な…」『辺境の人々』（*The Borders* 1796）三幕（1539-44の六行）のオズワルドのセリフ。この13行詩の最初の6行にオズワルドのセリフが用いられている。

散文

　　「神を否定する人々は…」　ベイコン（Francis Bacon, 1561-1626）著「無神論」『随想録』より

第一巻

1行　「ボルトン」（Bolton Abbey）はイングランド北部、グレイター・マンチェスターにあるボルトンの修道院。搭は、今は、ボルトン修道院にはない。しかし、詩人の想像力で、この詩はエリザベス女王時

代の想定で作詩された。ウィッテイカー博士の言うには、「昔、袖廊の上に塔があった。これは、修道院解体時、他の場所ではありえない鐘楼の記述からも明らかであるばかりでなく…尾根よりも高い建物の中の聖歌隊席の尖った屋根からも明らかである。」

ワーズワス　第三巻　549 頁。

7 行　「ウォーフ川」（Wharf）　ヨークシャデイルに端を発して流れる 105 キロの川。河口、ウーズ川。その谷はウォーフデイルとして知られる。

16 行　「崩れかかった修道院」1540 年 1 月修道院は土地とともに王の手に渡った。しかし、クロムウェルの命令で、鉛と鐘楼の鐘は略奪から守られた。参照 Comparetti, 203 頁。『教会ソネット集』（国文社、2020）　第二部　21 節。「修道院解体」79 頁。参照。

27-8 行　「野鳥の巣のように・・・礼拝堂」サクソン聖職使用のために、修道院解体を免れた修道院の内陣はいまだに、教区礼拝堂であり、今日一番小ぎれいなイングランドの大聖堂と同様に見事に保たれている。　　　　　　　　　ワーズワス　第三巻　549 頁。

前掲、和田／福田訳『妖精の女王』第二巻、第六篇、十二節、二行目、「広い湖の中に置かれた小さな巣にも似て」Emongst wide waters set, like a little nest

33-4 行　「修道院の樫の木陰」大きな門から少し離れたところに修道院長の樫の木があったが、1720 年頃伐採された。

ワーズワス　第三巻　549 頁。

127 行　「一基の石像の兵士」『教会ソネット集』（前出書）「教会の内陣の床に敬虔に横たえられ、足をくの字に組んだ肖像姿」（第二部 8 節、6-7）『序曲』第二巻 108 行参照。

226行 「その日々というのは　侯爵夫人アリザが」
　　　ここの行では、本詩の重要な舞台、ボルトン修道院の創建の逸話が、ウィッテイカー『前掲書』324頁に基づき詳しく語られている。ウィッテイカーによれば、1121年 William de Meschines とその妻 Cecilia de Romilly によって修道院がヨークシャ州のエンブセイ (Embsay) に創建された。その娘が William FitzDuncan と結婚し、息子をもうけた。母は母親姓を継ぎ Lady Alice de Romilly は Lady Aäliza とも呼ばれ、息子 William de Romilly も通常祖父の男爵名の "the Boy of Egremond" とで呼ばれた（本詩230行）。その息子の事故死を悼み 1154 年頃ボルトンに母 Aäliza が修道院を移し建てたものである。息子の死はウォーフ川の四フィートばかりの巾のもっとも危険と言われている渓谷の場 (Strid) を飛び越えて渡ろうとして飛んだ時、紐をつけ連れていた犬が尻ごみしたため、少年は下の崖の激流で溺れ死んだ。その悲劇を目撃した森番が母親に告げたが、その模様と修道院創建についてワーズワスは "Force of Prayer" に描いている。「祈りの力」本著 123-27 頁　付記参照。
245行 「いくつも遺体が立ったまま」　ボルトン修道院長の教会の北通路の東端にベスメズリ・ホール (Bethmesly Hall) に属する小礼拝堂と丸天井があり、伝説によると、そこにはモーレブレー (Mauleverers) 家から女系でこの財産を受け継いだクラパム家が「立ち姿で葬られていた」。　　　　　　　　　　　ワーズワス　第三巻　549-50 頁。
251行 「バンバリー教会」(Banbury Church)　イングランド北西部にあるオックスフォード州にある教会。
251行 「ペンブローク伯」　初代ペンブローク伯爵（William Herbert, Ist Earl of Pembroke, 1423-68）。Edward IV (1442-83, 在位 1461-83) の下

で数々の要職をつとめる。ヨークシャ人、著名な戦士で、バラ戦争ではヨークを支持。

250-3 行 「勇猛果敢なジョン・ドゥ・クラパム　首を刎ねた男」

ワーズワスは「ジョン・クラパムは、自らの手でバンバリーの教会の入口でペンブロークの首を刎ねたと言われている」との史実ではないウィッテイカーの情報（前掲書、322 頁）によっている。

事実は、1469 年 7 月 27 日、ペンブローク伯はクラレンスとウォリックの命令によって、ノーサンプトンで処刑された。

P. Comparetti, 206-07 頁。

268 行 「牧童・男爵」ヘンリー・クリフォード（Henry Cliford, 1454-1523）のこと。ヘンリー七世の統治のもとで生涯を送った 第 10 代クリフォード男爵。フロドゥンの戦（The Battle of Flodden, 1513）でスコットランドと戦い、勝利に導き、10 年後 1523 年 70 歳でなくなった。ワーズワスは "Song at the Feast of Brougham Castle upon the restoration of Lord Cliford"（1806 年作、1807 年出版）の詩でクリフォードを Shepherd-Lord と書いている。

278 行 「クレイブン」（Craven）はノースヨークシァ西部にある州。丘陵地帯であり、エアー川とウォーフ川の源泉の地、スキプトン辺りのヨークシャの西ライディングにある。

285 行 「フロドゥン平野」（Flodden Field）　ノーサンバランド地区のブランクストン（Branxton）近くにある平原。この地で、スコットランド王ジェイムス四世（1473-1513）（ヘンリー七世の娘、マーガレットと結婚）は義理の兄のヘンリー八世とイングランドの王位継承をめぐって、フロドゥンの戦をする。ジェイムス四世は、ヘンリー八世との和平条約を無視して、フランスと一五一二年新しく同盟を組

み、一五一三年八月、チェビオット・ヒルズの尾根のフロドゥン側に野営をした。九月九日、ジェイムズ王は殺され、スコットランド軍は敗退した。S.W. スコットにもフロドゥンの戦を描いた『マーミオン』(*Marmion*)（1809）がある。

288 行　「スコットランド王」　ジェイムズ四世（1473-1513、在位 1488-1513 年）のこと。

293 行　「その考え方はクリフォードを高尚にした―」　ルーシ詩群「Three years she grew」の以下参照。「そしてその歓喜の生き生きとした感情が　乙女の姿を見事な背丈にさせるであろう」

　　(And vital feelings of delight/Shall rear her forms to stately height. 六節、一～二行) A.P. Comparetti 211 頁。クリフォードの場合も、ルーシの場合も、自然が働きかけている。

294 行　「バーデン」(Barden)　ヨークシャのクレイブン地区にある町。なお、第 14 代クリフォード男爵が狩猟用の建物（hunting lodge）として大部分を建て、過ごしたバーデン搭は、ボルトン修道院の北西二マイル先、ウォーフ川の堤にある。絢爛さを嫌い、瞑想に相応しいと考えたクリフォードは、天文の研究をここでした。

303 行　「錬金の炎」(chemic fire)　この語句はワーズワスと化学者、発明家のハンフリー・デイヴィ（Sir Humphrey Davy. 1778-1829）との交友を思わせる。A. Pattee Comparetti, 211-12 頁。

第二巻

338-9 行「緑の森の／木陰と独りの娘を」　参照『教会ソネット』（国文社）第三部、一節（107 頁）「薄暗い木の下に可愛い少女が」　参照 J. Milton, *Arcadia*, (88-89) "Under the shady roof /Of branching elm starproof.".

353 行　「軍旗に聖十字」　一五三六年一〇月〜三七年一月にかけてヘンリー八世の修道院解体に反対する巡礼者たちの「恩寵の巡礼」（Pilgrimage of Grace）にも、参列者はイエスの 5 つの傷のバッジをつけていた。修道院には聖遺物の蔵がありそこに巡礼をするのが慣例であった。「北の蜂起」(1569) のバラッドの 27 節（本著、103 頁）にも「ノートンの軍旗は十字架と我らの主が負われた五つの御傷があった」と謳われている。

360-1 行　「エリザベス女王が十二年統治」　一五六九年のこと。

367 行　「パーシィとネヴィル」第七代伯爵ノーサンバランドのトマス・パーシィ（Thomas Percy, 1528-72）と第六代ウェストモアランド伯爵　チャールズ・ネヴィル（Charles Neville, 1542-1601）のこと。「不満を抱き固く結束した二人の侯爵」とあるように、カトリックのトマス・パーシィは、カトリック女王メアリに、東部、中部の進軍の監督官として仕えた。信仰を異にしたエリザベス女王にも徴用されたが、女王のカトリック弾圧政策に、憤懣を抱き、任務を辞して、反乱に加わった。

378 行　「リルストーンの屋敷」　ボルトン修道院から北西、数マイルの地にある。

380 行　「出陣の報せが届いた」　トマス・パーシィからの依頼。本著 99 頁〜 100 頁、バラッド「北の蜂起」9 節〜 13 節参照。

588-9 行　「兄は話を終えた・・もう聞こえていなかった」『失楽園』(8 巻 452-53)（平井正穂訳、岩波文庫（下）70 頁。）「神は語り終えられた　というか私にはそれ以上何も聞こえなかったのです」

591行 「聖別された妹に」1816年3月　サウジー宛の手紙（*Letters of William and Dorothy Wordsworth, the Middle Years* Vol.II, 1811-20, Oxford, 1937, 718頁）にワーズワスは、*The Quarterly Review*（Oct. 1815）に "consecrated" という語が何の原則もなく用いられているとの匿名の記事に、何故聖別という言葉をつかったかを次のように説明している。

Now the name Emily occurs just fifteen times in the poem; and out of these fifteen the epithet [consecrated] is attached to it once, and that for the express purpose of recalling the scene in which she had been consecrated by her brother's solemn adjuration that she would fulfil her destiny, and become　　A soul, by force of sorrows high,

　　　　Uplifted to the purest sky

　　　　Of undisturbed humanity. Bk.2. 585-87.

第三巻

594行 「ブランセペス城」（Brancepeth）は、ダラム市から8キロのところを流れるウェア川近くにある村にある、ウェストモアランドの伯爵、ネヴィル家の城。

607行 「丘や谷」ペニン山脈と谷間。

608行 「ユア川　スウェイル川」ヨークシャを流れるユア川（Ure）とその支流スウェイル川（Swale）。74マイルの谷間を流れウーズ河となって北海に注ぐ。

668行 「祝福の鳩が　優しく覆って」詩篇17篇8節「わたしを…あなたの翼のかげに隠してください」およびマタイによる福音書3章16節「…イエスは、神の霊が鳩のように御自分の上に降ってくる

のを御覧になった」参照。

685行　「ダラム」（Durham）　イングランド北東部の聖カスバート（Cuthbert, 634-87）が埋葬されている大聖堂がある街。大聖堂はヘンリー八世の修道院解体のとき壊され、今は埋葬地を示す大理石が据えられている。聖カスバートの聖堂にクヌート王（955-1035、在位 1016-35）が裸足で五マイル歩いてダラムの墓石に巡礼した。Comparetti, 255 頁参照。

689行　「ツイード川からタイン川まで」（Tweed to Tyne）パーシィ一族が治めていた領域。ツィード川（Tweed）はイングランドとスコットランドの境界線からボーダーズを流れる全長 156 キロの川。タイン川（Tyne）はイングランド北東部を流れる 110 キロの川。タイン川からティーズ川をネヴィル一族が治めていた。

691行　「ティーズ川」（Tees）ペニン山脈からクロス・フェルを水源とし北東部を流れ 110 キロの川で北海に注ぐ。

696行　「ラビー・ホール」（Raby Hall）　ダラム州のステインドロップの町から 9 マイルほどの距離にある中世の城の一室。ラビー城の馬車置き場の上部にある大きなホール。ジョン・ネヴィル、第三代ネヴィル・デュ・ラビー男爵によって 1367-90 年にかけて建築。

713-4行　「聖カスバートの旧き御堂で」　ダラム大聖堂のこと。聖カスバート（634/635-87）はノーサンブリアの聖人。聖人の最後のチャペルのあった場所、リンディスファーン島（holy island ともいう）に葬られたが、ヴァイキングの侵略から聖人の墓を守るため、ヘンリー八世の修道院解体で、ダラム大聖堂が壊されるまで、ダラム大聖堂に移され、大聖堂は聖カスバート巡礼の聖地であった。

712行　「祈祷書を破り捨て　聖書を踏みつけた」1569 年 11 月 14 日

（日曜日）。夕方、プロテスタント僧正ピルキングトン（James Pillkington, 1520-76, 在位 1561-76）のいるダラム大聖堂にノーサンバランド、ウェストモアランド、クリストファー・ネヴィル卿、カスバート。ネヴィル卿、リチャード・ノートン（1518-69）らが入り、この行為を行った。ピルキングトン僧正は、北のカトリック教徒たちを根絶やしにするために力を注いでいた人物であったが、この騒動の寸前、乞食の恰好に変装しすでにロンドンに逃れていた。A.P. Comparetti, 65 頁。

　1549 年、改革寄りの祈祷書が初めて出版されたとき、祈祷書は不人気でカトリック教徒の根強い地域では反乱がおこった。それがここでも言及されている。1559 年、教皇パウルス 4 世は、ローマ・カトリック教会の最初の禁書目録を作成し、その目録には英国国教会の祈禱書も含まれていた。また所持が禁じられていた翻訳聖書の中には、イタリア語、英語、オランダ語、スペイン語、ドイツ語、フランス語などの聖書や、ラテン語訳聖書の一部も含まれていた。参照『教会ソネット集』第二部 29。「聖書翻訳」

716 行　「ウェザビー」（Wetherby）　ダラムから A1 号線を南下した市場町。リーズの教区に属する。ここに本隊が集結したのは 1569 年 11 月 23 日。A. P. Comparetti, 66 頁。

724 行　「クリフォード荒野」（Cliford moor）ウェザビーから A1 号線を三マイル南下した場所。

743 行　「怖い形相　敬意を覚える相好」　参照『教会ソネット集』31 頁。第一部 15 節、「パウリヌス」「あの男の容姿は崇敬の念をいだかせ　たじろがせ」に同様の表現。

754 行　「仲間にも加わらず…一人で道をやってきた男」　参照『教会ソ

ネット』(国文社) 第三部4節「広教主義」110頁。ミルトンを描写した数行「行く手には闇、背後には危険の声が迫り　孤独の道を行く運命を背負っていたが」と、ある。

783行　「ロンドンに　大将たちは向かっていった」1569年11月23日。"At this time they intend to release Mary from Tutbury, and then advance to London" A.P. Comparetti, 66頁。

787行　「ダドレイ」The Earl of Warwick の Ambrose Dudley (1530-90) のこと。エリザベス女王お気に入りのレスター伯爵、ロバート・ダドレイ (1532/1533-88) の兄。北の蜂起に女王軍を率いた将軍。エリザベス女王には忠誠を誓いつつ、スコットランド女王メアリーの解放を企て、実際は蜂起軍に加わって、ナワース城を固めて、後に攻めてきたエリザベス女王の軍の総大将 Sussex, the Earl of Hunsdon の歩兵軍と交戦するが、大敗して、スコットランドに敗走した。A.P. comparetti, 227頁。

800行　「デイカー」(Leonard Dacre, 1533-73)。エリザベス女王に忠誠を誓いながら、実際は蜂起軍に味方した人物であったが、第四巻1135-36行にあるように、蜂起に援軍はよこさず、女王からの逮捕を逃れて、大陸フランダースに逃れ、そこで亡くなっている。

800行　「ナワース」(Naworth)。デイカー卿 (Leonard Dacre, 1533-73) の城。カーライルから約12マイル西方にあり、ロンドンから316マイル北上したところにある。敗北した蜂起軍がスコットランドへの逃亡中の避難地。

802行　「ハワード」　トマス・ハワード (Thomas Howard, 536-72) のこと。第四代ノーフォーク公爵ハワドは、結局蜂起の援軍に出かけるけることはなかった。参照　第四巻1134行。「ハワードの援軍の約束

が果たされぬからじゃ」。ハワードはエリザベス女王と従弟の関係であるが、カトリック的な信仰を持ち、スコットランド女王メアリとの結婚を秘密裡に交渉しスコットランドとイングランドの融和を図ろうとした。しかし、エリザベス女王に知られるところとなり、1569年10月8日、ロンドン塔に幽閉。1570年8月、メアリとの関係を断つとエリザベス女王に約束をしたが、再度蜂起軍と連絡し、1572年6月打ち首となった。

814行 「サーストン大司教」（Thurstan Turstin of Bayeux, c1070-1140）のこと。ヨーク大聖堂の大司教。［何という大群を大司教が鎮圧したことか］とあるように、大司教は、スコットランド王ダビデ一世（c1082-, 在位1124-53）の侵攻に対抗して、サーストン大司教自ら兵を集めて戦い、イギリス国王スティーブン（在位1135-54）の勝利に導いた。なお、この戦いは、通常［軍旗の戦］（Battle of the Standard, 1138年8月22日）と呼ばれている。

815行 「信仰が証された平野」（The Plain）　ヨークシャーのノーサラトン（Northallerton）から8マイル北のカウトン平野。ヨークから四〇マイルほどの距離。

817行 「聖なる荷車」　馬または牛に引かれ、司祭が乗って軍旗が掲げられて進む頑丈な荷車。

823行 「モウブレイ」（Mowbray Roger de Mowbray 1120-88）のこと。「軍旗の戦」には18歳で参戦している。

828行 「ネヴィル・クロスのあの日」　ワーズワス　三巻、551-52頁。「ダラムの戦いが始まる前夜、1346年10月17日、当時のダラム修道院院長ジョン・フォサー（John Fosser）に幻が現れ、聖カスバート（634/635-85）がミサを唱えたときに聖杯を覆った布を取りだし、

槍の穂先に軍旗の布のようにその聖遺物をつけるように命じた、さらに翌朝　レッド・ヒルズと呼ばれるダラム市の西側の丘（The Maid's Bower）に行って戦の終わるまでそこにとどまるように、と命じた。その幻の命令に修道院長は従い、これを神聖な聖カスバートの祈りによる神のお慈悲と憐みの啓示と理解し、翌朝言われた修道院の僧たちと、言われたレッド・ヒルズに出向き、言われた戦の勝利のために、そこで体を投げ出し、這いつくばって祈りをした。全能の神の偉大な摂理と、聖カスバートの祈りと聖遺物の存在のもとで護られ、祈りに没頭した僧たちを殺すつもりでスコット人の大群が走りより迫ってきても、そのような聖なる僧たちに暴力をふるう力は出せなかった。そしてスコットランド人の王と王軍とイギリス人軍の間で激戦があり、イングランド軍の武功がたてられた後、戦いは終わった。そして敵スコットランド軍は混乱に陥り、イングランドの勝利がなった。例の修道院長と僧侶たちは、ラルフ・ネヴィル伯爵、息子のジョン・ネヴィルとパーシィ伯爵と多くのイングランドの貴族が故郷に戻り、修道院に行き、そこでその日成なし得た勝利のために、こぞって心からの祈りと感謝を神と聖なる聖カスバートに捧げた。その戦いは後にネヴィル・クロスの戦いと呼ばれた。

　二本の道路が走るダラム市の西側に、たいそう立派な石材の十字架が建てられた。戦場で勝ち得た勝利のために神を称えて建てられ、ネヴィルの十字架として知られている。この戦いでもっともすぐれた主導者のひとり、ラルフ・ネヴィル伯爵がすべて費用を賄った。」

第四巻

1069-72 行　「妹の勤めは　じっと待つこと」J. ミルトン の "Sonnet on Blindness" の最後の 14 行 "They also serve who only stand and wait." への言及。

1087 行　動かず　静まっておれ。"a passive stillness" の言い回しは 'Expostulation and Reply' の 6 節にある。"wise passiveness" を想起させる。

1116 行　「バーナードの塔に包囲網」　ダラム州ティーズ川北岸にある小さな市場町にある、ヨークシャーの州長官ジョージ・ボウズ卿（Sir George Bowes, 1527-80）の城を、1569 年 11 月 30 日から 11 日間、エリザベス女王一世の反乱軍が包囲。

1126 行　「あの敵城」　バーナード城のこと。

1135 行　「デイカーは蜂起の準備ができておらん」　註 800「デイカー」参照。

1139 行　「城壁に　突破口は開いた」1569 年 10 月 30 日　ジョージ・ボウズ卿のバーナード城がウェストモアランド伯によって 11 日間包囲の後、破られる。1116 行「バーナードの塔に包囲網」註参照。

第五巻

1168 行　「ノートン搭」(Norton Tower)。今日までそう呼ばれ、ウィットテイカー博士に次のように書かれている。「リルストーン丘原はノートン家とクリフォード家間の昔の交戦の記念碑が今もある。広大な見晴らしが望め、二つの深い渓谷に守られた、非常な高地の頂にリチャード・ノートンによって建てられたとドッジワースに明言された四角い塔の廃墟がある。どうやら三階建てであったらしい。四方から破壊が執拗になされ、ほぼ地に崩れ落ちている。しか

しノートン搭は、そばにはいくつかの丘があるので、おそらくある意味、夏の歓楽館であったろう。その二つは今もかなり完全な状態で残っており、大勢の射手の射手場以外には説明がつかない。その場所は荒涼とした荒野で、見張り搭の使用に見事に向いている。」

ワーズワス　三巻　註 555 頁。

1174-5 行　「ペンドル丘あるいはペニージェント丘」　参照 16 世紀「フロドゥン平野のバラッド」(*Ballad of Battle Fought in Flodden Field*)（Part 3、9 行）に "From Penigent to Pendle Hill" と似た表現がある。

1328 行　残忍極まりないサセックス」北の王軍機関の総大将サセックス（3rd Earl of Sussex Thomas Radcliffe, 1525-83、総大将の期間は 1568-72)。スコットランドのダムフリーズ辺りまで反乱者たちを追跡し、減少させた。サセックスの残忍さについては、97 頁下から 10 行以下参照。及び、第六巻 1446 行 註参照。

第六巻

1365 行　「悲しみのあの町」"the doleful city"　参照　ダンテ『神曲』「地獄編」3 の I。"Citta dolentse" と同じ表現を用いている。

1446 行　「ジョージ・ボウズ卿」(Sir George Bowes, 1527-80)　軍人。エリザベス女王の忠臣。Mary of Scots をカーライルからボルトン城までエリザベス女王に言われとおり護衛した際、バーナード城をエリザベス女王のために接収して牙城とした。ネヴィル伯の居城であるブランセベス城の近くのストリートラム城に構え、反乱軍のようすを逐一、総大将サッセクス伯爵に伝えていた。しかし、ストリートラムの城も攻撃され、バーナード城も 11 日間包囲の末、ボウズは和解の条件を出し、サセックス伯の下に 400 名の兵を連れ合流。女

王の反乱軍の首謀者たちの処刑の命を受け、その執行を行った。

第七巻

1550 行 「互に心底／分かりあえる能力がある」"Address to Kilchurn Castle upon Loch Awe" 6-9. からの引用。1803 年 8 月 31 日詩作。発表は、1827 年。「白鹿」には 1837 年より七巻冒頭に置かれた。

ワーズワス　第三巻　535 頁。

1568-9 行 「略奪と荒廃はリルストーンの美しい領地を襲っていた」
リチャード・ノートンの罪による私権剥奪後、ノートンの財産は女王に没収され、ジェイムズ二世、三世までそのままであった。それからカンバーランドのフランシス伯爵に賜与さられた。

ワーズワス　第三巻　555 頁。

1663 行 「涙にむせび」　参照『妖精の女王』(前掲書、82 頁) 一巻、三篇六節。百獣の王に殺されると思っていたユーナが、自分に服するライオンを見て、涙を流す箇所。「大いに心を動かされて感極まり／純な愛情から、思わずはらはら涙をながした」

1706 行 「アマデイルの薄暗い分かれ道」　バーンソール教区のはずれのウォーフの谷は大きく二つに枝分かれし、一方は川の源まで延びるウォーフデイルの名があり、もう一方はリトンデイルと通常呼ばれているが、昔はそして正式にはアマデイルである。

1710 行 「ダーンブルック川」(Dernbrook) 薄暗い谷に沿って北西から流れるダーンブルック川は「隠蔽」というテュートン語由来。

1718-23 行 「白鹿は　人の理性に似た能力を働かせ…わきまえていた」参照 『妖精の女王』(熊本大学スペンサー研究会、昭和 44 年、48 頁) 第一巻、第三篇　九。「ライオンは姫を一人で放っておこう

とはせず、姫の清らかな身体の力強い護衛として、…まめやかに仕えるのであった。そして姫の美しい目から命令を読み取り、顔つきから常にその気持ちを汲み取るのであった」。白鹿も、『妖精の女王』のライオンがユーナ姫の気持ちを読み取っているように、エミリーの気持ちを読み取っている。次行 1724-27 行参照。

1761 行 「リルストーンの修道院の鐘」 物見櫓の建設と同時代と思えるリルストーン教会の鐘楼の鐘のひとつにジョン・ノートンの頭文字 J.N の暗号文字がある。そしてそのモットーが「神よ　助け給え」である。　　　　　　　　　　　　　　ワーズワス　第三巻　556 頁。

1767 行 「温順な姫」 ワーズワスは "Lady meek" という表現を用いているが、エドマンド・スペンサーもユーナを同じく "Lady meeke" と呼んでいる。　参照『妖精の女王』第一巻、第三篇　21。

1789 行 「兄の予言通りには去らなかったこの相棒は…」 兄は、蜂起失敗後、「あの鹿も　穏やかな森／せせらぐ川に戻って行こう」（560-61）とエミリーに予告したが、白鹿はリルストーンを去らなかった。

1803-4 行 「岩に囲まれた草叢の囲い地」 ノートン家は鹿を柵での囲い込みを図った、そしてクリフォード家がどうやらノートンの領地で狩りをしたようである。ウィットテイカーによれば、両家の間には不和が存在した。「岡の平坦な頂上は、南西から北西の端の搭とあるところまで非常に深い谷の端まで延びる堅固な城壁の基礎部分である。この溝のような谷は何マイルもの南にある別の深い険しい峡谷まで続いて、堤が極めて険しい北西には、城壁も土塁も見当たらない。ただその地にあるのは柵だけである。

スコットランド辺境の吟遊詩人たちには、鹿、羊他のためのそのような柵はスコットランド南部では、まったく珍しいものではない。

それらの柵の目的は鉄線のネズミ捕りの目的のようなものである。険しい丘を、通れないような壁を巡らせた低地、山腹の下り勾配には内外の地面とほぼ同じ高さの壁が建てられ、翼でもないかぎり、反対側には逃げ出せなくなっていた。周辺の公園や森よりも、これらの囲い地にはもっとよい飼料があるように、おそらく手入れがされていたのであろう。そして従順な動物の習性を熟知している者であれば誰でも、その群れのボスが一度罠の中に降りて行くように誘導されれば、群れはみなついていくことを容易に考えたであろう。

　終わりに、景勝地愛好家のすべての方々にボルトン修道院とその周辺をぜひとも推奨しておきたい。この魅力的な地は、デボンシャー公爵の所領で、その管理は長年ウィリアム・カア牧師に委ねられ、牧師はその地形を見事に披歴して見せている。というのも牧師がどんな風に手を加えても、自然の精神を生かし芸術の見えざる手を働かせてその地の本領を発揮させているからである。」

ワーズワス　第三巻　556頁。

1865 行　「大地と結ばれ　解き放たれて　亡くなった」「解き放たれ」というのは肉体から解放されての意味。参照。新約聖書（新共同訳）ローマ人への手紙 8 章 2 節。「キリストイエスによって命をもたらす霊の法則が、罪と使徒の法則からあなたを解放したからです。」第二コリント人への手紙　5 章 8 節「そして体を離れて、主のもとに住むことをむしろ望んでいます」

1910 行　「永遠の花の盛りの娘」　神の慈愛を受けている白牝鹿のこと。

付記

「祈りの力　あるいはボルトン修道院の創設」伝説
　　　ワーズワス詩作1807年9月18日　発表1815年

1　「祈りが役に立たぬとき何が頼りになるのだろう」
　　こうした暗い言葉で私の話しは始まる
　　これらの言葉の意味は　祈りが全く無意味なとき
　　慰めはどこから湧いてくるのか　ということ

2　「空しい祈りに何が役に立つでしょう」
　　鷹匠は伯爵夫人に言った
　　伯爵夫人は「止めどない悲しみから」と返事した
　　息子が亡くなったことを知ったのだ

3　伯爵夫人は　鷹匠の言葉で
　　鷹匠の目つきで　夫人の
　　若い息子ロミリへの心からの
　　愛情で　それを知った

4　ロミリはバーデンの森を抜け
　　斜面を上り　下り　うろついた
　　そして雄鹿か牝鹿を襲わせるために
　　紐につないだ猟犬を連れていた

5 ロミリと犬はあの恐ろしい割れ目に着いた
　飛び越えるのは何と心をそそられることだろう
　威厳に満ちたウォーフ川両岸の
　岩場に裂け目があるのだ

6 その裂け目は狭谷と呼ばれ
　　　　　　　ストライド
　大昔についた名前であった
　千年もこれまで　その名をもち
　さらに千年そう呼ばれよう

7 そしてここに若きロミリがやって来た
　ロミリが　おそらくは100回目
　この割れ目を飛び越えるのを　今や
　何が一体とめるというのだろう

8 ロミリは喜んで飛んだ　川が激流で
　岩が険阻でも　ロミリは何を構う事があったろう
　だが　繋がれた猟犬はためらって
　紐をもつロミリを引っ張った

9 少年はウォーフ川の腕に抱かれ
　情け容赦ない激流で窒息死
　若いロミリは死体で浮くまで
　二度と姿が見られなかった

10 谷間には今や沈黙と　長い
　　言い知れぬ悲哀が覆った
　　ウォーフ川はヤロー川以上に今後
　　悲しむ者には悲しみの名となろう。

11 もし伯爵夫人が愛する者のため泣き
　　死から　死の受難から　慰めを
　　得るとすれば　馴染みのウォーフが
　　夫人の悲しみを癒すのかもしれない

12 夫人は翌日にもあった筈の婚礼で
　　泣いているのではない　夫人には
　　はるか将来(さき)を見る希望があった
　　それがいま夫人は母の悲哀を味っている

13 ロミリは孤高の木だった
　　枝は堂々と風に揺らぎ
　　この喜びの源は
　　夫人の主人の墓に入ってしまった

14 長く　長く夫人は闇の中に座り
　　夫人の最初の言葉は　「ウォーフの
　　野のボルトンに　堂々たる
　　修道院を建てよう」だった

15 堂々とした修道院が建てられた
　　ウォーフ川は　流れるときに
　　悲し気な声を　朝課に合わせ
　　晩課の時にも消えなかった

16 伯爵夫人は　やり場のない
　　沈痛を抱き　祈った
　　しかし　ゆっくりと夫人に助けが訪れ
　　夫人の悲哀に忍耐がやってきた

17 おお　もし我らがただ御神に
　　振り向き　我らの友となり給えと
　　願うなら　時に適って　終らない
　　心の内の悲しみなど決してない

あとがき

　ワーズワスの詩は、多くの人たちに愛読されてきたが、この『白鹿』は、本国においても、日本でもその形跡はない。『日本におけるワーズワスの文献』（原田俊孝編、1巻（1871-1981）（桐原書店、1990）、2巻（1982-1991）（京都修学社、2013）によると、研究論文は120年で16篇である。この文献書の出版から40年を過ぎた現在、本作品がそれまでより愛読されたり、研究されてきたとも思えない。まして、翻訳書はまだ、出された形跡はない。

　しかし、ワーズワスは、この作品は多少の手直しは必要であるにしても「考え方においては、自分が作詩した最高の作である」（Christopher Wordsworth: *Memoirs of William Wordsworth*, ii.313）と後年語る重要な作品であり、もっと見直されるべきものではないかと、拙訳を試みたが、内容は読者の方で他の詩群と味読していただければ幸いである。

　本詩は最初の広告にもあるように1807年夏（実際は7月6日）に、この詩の舞台でもあるボルトン修道院を訪れている。そして、この前後に本詩にも登場するクリフォード卿（牧童・男爵）（第1巻268-307行）や、ボルトン修道院を建てたアリザ公爵夫人（1巻225-35行）に関する「牧童クリフォード卿の復位の宴歌」（1806年10月～1807年2月の間の作）や「祈りの力」（1807年9月作、訳本著124-27頁）を書いているが、『白鹿』は11月には執筆を始め、翌年1808年1月16日に書き終えている。そして翌月2月23日、『白鹿』出版のためと、ロンドンで病いのコールリッジを家族のいる湖水地方に連れて帰るため、ロンドンに発った。結果『白鹿』出版は、コールリッジの助言も入れて、出版社ロングマンとの折り合いもつけたものの、3月末には出版を取りやめて、4月初旬に

コールリッジを連れずに帰って来た。家族が経済的に困窮していて、どれほどその契約金を当てにしているか、分かりすぎるほどわかっている詩人であったが、「利益を当てにして一行たりとも書いたことはない」(*Prose Works of William Wordsworth* III ed by Grosart, AMS. 457 頁)、という詩人が、なぜ出版を取りやめて帰って来たのだろう。

　その原因の一端を、1808 年 4 月 19 日のコールリッジ（S.T.Coleridge, 1772-1834）宛の手紙に読み取ることができる。その手紙には、ワーズワスがロンドンを訪れた際、3 月 15 日ラム姉弟を訪れて、『白鹿』第 1 巻を読んだが、その反応が極めて納得がいかない、という怒りの手紙である。その日、ラム宅にはハズリット（W.Hazlitt 画家・文筆家、1778-1830）も居合わせたこともあり、ワーズワスは『白鹿』を紹介する際、挿絵（本著、口絵）を描いてくれたワーズワスの友人であり詩人のパトロンでもある画家サア・ジョージ・ボーモント（Sir George Beaumont, 1753-1827）のお気に入りの箇所（第 1 巻 88-90 行「かすかな影が吐息のように・・白鹿に落ちている」を読んだ。しかし、どうもハズリットは乗ってこず、ラムも作品も気に入っていない様子で、ワーズワスはその不満をコールリッジに書いている。「彼らにはお気に召さなかったことが分かった。」そして『白鹿』の内容にふれ、「・・まず、この詩は好奇心を掻き立てるものが何もないから、大衆受けしようがない。・・・この詩の主たる悲劇は物理的なものではなく内面的なものである。・・・ラムは、考える能力がない、だから、理解する能力がない、少なくとも、想像力に欠けている」とえらい剣幕である。

　「私の詩の声は想像力がなければ聞く事ができない」（ボーモント卿宛 1807 年 5 月 21 日）「詩を感得できないということは、人間性への愛、神への崇敬の念がないということ」（同上）などと、ワーズワスはロンドン

から帰郷して後、同年に出版された『詩集 二巻』(*Poems in Two Volumes*, 1807) への文壇批判の反論であるが、詩論を述べている。

このような信念を理解してくれているとワーズワスは絶えず詩作を共にしてきたコールリッジに漏らしたのであろう。

『白鹿』が出版されたのは 8 年後 1815 年 6 月で 4 つ切りの大判であった。作品の趣旨は

この教訓詩に　愛しい妻よ　『妖精の女王』が
そなたの優しい胸に　もたらしたような慰めを
与える力が　宿っていますように」(献詩 62-64 行)

とあるように悲哀と苦悩の慰めである。ワーズワス一家は 1805 年 2 月個人的にアバガベニー伯爵号難破で船長弟ジョンの死を経験している。ワーズワスは苦しい胸の内をボーモント卿に述べ、弟が「思慮において、温和さにおいて、自己犠牲、精神の不屈さにおいて、所作の素朴さにおいて、純粋極まりない婦人と全く変わらない謙虚さ等々・・・他者のためだけに生きたそんな弟の善良さは、さらに立派なものに、その高潔さは、さらに高潔になる運命に違いない」(1805 年 3 月 12 日) と穏やかな諦念、永生の信仰について述べるが、この信仰は生涯変わることはなかった。そして「私たちは定期的に教会に通うようになりました」(1807 年 2 月 17 日 C. クラークソン宛) と語る。また『白鹿』出版までの間に、幼子 2 人 (1812 年 6 月キャサリン 3 歳、12 月息子トマス 6 歳) を失い、「至福は死にゆく人間のもとには留まれない」(献詩 22 行) の『妖精の女王』からの引用は、そのまま詩人の実体験であり、深い悲しみを表わしたものであった。それから 25 年も後の 1837 年 1 月友人クラブ・ロビンソンに宛てた手紙に、同

じように子供を次々に亡くした若い夫婦について語るとき、「キリスト教の祝福を一番に感じられるのは、苦難の重圧下で心を委ねる能力、委ねるだけでなく、その苦悩を、喜び以上のさらに崇高なものと匹敵するような源に変えられる能力」と述べる。本詩の苦悩や悲哀の克服は、ワーズワス個人の苦悩、悲哀にとどまらず、下層の人々、農夫、牧夫、女性、老人などが味わっている現実そのものへの関心であり、それらは詩人の詩を読めば容易に理解できよう。

　また「宗教は魂の目である」(1808年6月5日 ラングアム司教宛) と述べるとおり、『白鹿』は宗教を背景にした物語詩である。プロテスタント治世の北部でカトリック教徒の蜂起に加わったノートン家にプロテスタントの母に育てられた長子、娘の苦難劇である。

　エミリーは、この蜂起、敗北の

　　　苦難を甘んじて受け　最後には
　　　苦痛 悲哀を乗り越え　完全な勝利を
　　　勝ち取れるよう　（第4巻1069-71行）

　兄フランシスに言われ、蜂起で家族を失った悲しみを白鹿との交流を通じて

　　　ますます神聖に　気高い生き方　まさに
　　　このように　この祝福された巡礼者は
　　　悲しみで　神の方に引き上げられ
　　　誰にも干渉されぬ　清い極みの
　　　天空まで引き上げられ　歩んでいた　（7巻1849-53行）

あとがき

　『白鹿』は蜂起という軍事では成功はしていないが、精神的な勝利を成し遂げたというワーズワスは、1843 年イザベラ・フェニック女史（Isabella Fenwick, 1783-1856）（*Fenwick Notes of William Wordsworth*, ed by J.Curtis, 32-33 頁）に、『白鹿』の狙いはエミリーの列福（beatification）と白鹿の神格化（deification）であると、語っている。しかし、「列福」は、無論、カトリック教でいう「列福」ではないだろう。本詩の献詩の後にあるソネット「動作は一時的なもの」にあるように、忍耐をもって神に頼り悲哀を乗り越えながら平安の生を終えることを意味すると思われる。また、下等な動物白鹿の「神格化」というのも一人残されたエミリーの孤独を「慈愛の顔から輝く穏やかな視線」（7 巻 1829-30 行）で慰め、エミリーに気高い生き方を完遂させた働きを指してのことだろう。献詩の後の F. ベーコン（1561-1626）の「無神論」からの引用は「神の保護と恩寵のもとに安らぐ確信」している白鹿を示すためと思われる。

　ワーズワスの信仰は、英国国教会の信仰であって、決してカトリックの信仰を支持しているのではないが、廃墟となった僧院は、あちこちにあり生活のなかに溶け込んで親しむ風景であったことには間違いなかろう。少年時代、寄宿暮らしをしていたホークスヘッドから、夏休みになって夜（湖水地方は緯度が高く 10 時を過ぎても薄明りであったろう）、馬を借り受け、30 マイル近い距離を、ファーネス修道院跡（聖マリア修道院跡）まで出かけて、楽しんだ冒険の模様が書かれている（『序曲』2 巻 115-37 行）。『白鹿』の作詩も「ワーズワスが同情的史観をもっており、中世カトリック教会に理解を示している事実も見逃してはならないだろう。」（出口保夫『評伝　ワーズワス』研究社、2014、252 頁）の言葉を待つまでもないかもしれない。

　ワーズワスが、ウィットテイカー牧師の書から、毎週日曜日ボルトン

に何年も通ってくる鹿の言い伝えの一節を読んだ時、「北の蜂起」と結びつけたのは、まさにワーズワスならではのロマン派叙事詩である。

当時、同じようなスコットランド・イングランド辺境の戦さを扱った友人スコット（S.W.Scott, 1771-1832）の物語詩 *The Lay of the Last Minstrel* （1805）、*Marmion*（1808）が空前の売れ行きを示していた。ワーズワスは、スコットの詩との比較は無思慮であると、フェニック女史に語る（前掲書33頁）。スコットの場合、ここぞと思う筋書きと、読者の関心の落としどころもわきまえたものであるが、自分の『白鹿』は違うという。自分のこの『白鹿』は主要人物らの現実の企てがことごとく失敗する悲劇にも関わらず、精神的勝利、悲しみ、苦悶の克服を書いている、というのである。

ワーズワスが『白鹿』出版を先延ばしにして『白鹿』の前年1814年8月に出版をするとことになったのは、1798年から取り掛かっていた『隠者』（*The Recluse*）の一部、哲学叙事詩9巻からなる『逍遥』（*The Excursion*）であった。『白鹿』を出版しないで筆を進めた『逍遥』の内容が気になるが、この作品も「信仰により克服されたもの悲しい恐怖 また苦しみにあって清められた慰め」云々と前書き（15-16行）にあるように、キリスト教の視点に立つ悲哀、失望の克服である。そして『逍遥』の登場人物はみな、詩人以外は、牧師歴があるか、牧師である。詩人、遍歴者（wanderer）、孤独者（solitary）、牧師が巻を追うて登場し会話をしながら、筋は展開し、どの人物も詩人が腹話術で語っているのだが、中でも詩人と第1巻から登場する遍歴者は重要な役割を果たす。3巻で登場する孤独者は、愛児を失い、フランス革命に失望し、アメリカに渡り、やはり満足できず、故郷の自然の懐に帰って隠静生活を送っており、ワーズワスの心情を窺わせる。そして第4巻は「失意の回復」（Despondency Corrected）

と題され、遍歴者が、失意の孤独者に応える『逍遥』の核心部分である。遊歴者の言葉は『白鹿』と同じ内容であり、「全能の神のみ旨は万事を益に包み込み、堅固に守られた心臓には苦悩の矢は刺さらない」（第4巻17-20行）と「献詩」「悲しみの矢に胸を刺され」（本詩10行、『妖精の女王』1巻7篇、25節）に言及しながら、遍歴者は語る。神への信仰（140-52行、186-96行）は無論だが、自然万物（動植物）との交流も『白鹿』と同様歌われている。

　　　　人は耐えなくてはならない
　　　　また己を克服して　克己しなければ
　　　　人は何と憐れな存在であろう
　　　　人間性のみを理解するのではなく
　　　　あらゆる自然界の本性を探求する者は幸いである
　　　　　　　　　　　　　　　　（第4巻329-32行）

とあり、

　　　　地を這う植物から君臨する人間にいたるまで
　　　　万物の大いなる世界　（第4巻342-43行）

を愛して

　　　　　このような高みの思索に
　　　　　相応しく身をかがめ
　　　　　下等な動物にも優しい

愛情を育む人は
　　　いっそう幸い　（第 4 巻 354-58 行）

であり、

　　　どれほどこれらが崇高な隠遁の孤独を
　　　勇気づけ愛おしいものにすることだろう
　　　　　　　　　　　　　　　　（第 4 巻 370-71 行）。

とあり「互いの絆の徴や証」（362 行）としてエミリーを慰めた白鹿を想起させる。

　『逍遥』は、その後出会う牧師から墓で眠る人々（5 巻、6 巻、7 巻）が語られるが、6 巻で紹介されるエレンという女性が最後に遺した言葉は

　　　苦しみを与える主は 私の耐える力を知っておられる
　　　わたしが衰えはててもはや耐えられない時に
　　　慈悲深く 主のもとに導いてくださるのです
　　　　　　　　　　　　　　　　（第 6 巻 1045-47 行）

であった。不実の夫に裏切られ、シングルマザーとなり、実母に子を預け、乳母の仕事で他人の赤子の世話をするが、我が子に会うこともゆるされず、その幼子も死に、世間の冷たい目に晒されながら、洪水で家も失う悲運のエレンの半生であった。エレンは「神々しく見えた平和の聖者」（6 巻 1037 行）と呼ばれ、「魂は危害も届かない、愛の清らかな未

知の世界に旅立って」(1049-51 行) 我が子の傍に眠っている。この悲運へのエレンの態度はエミリーの信仰態度である。

『逍遥』第 8 巻、9 巻は、遊歴者が主に現代社会の物質偏重による信仰や道徳心の堕落、社会的危機を批判し、信仰の回復、為政者の普遍的価値の確立の必要性を主張し、最後は牧師館の牧師が神への感謝と話で終わる。

『白鹿』を原稿のままにして『逍遥』執筆に力を注いでいたワーズワスは、決して別の内容に取り組んでいたわけではなく、『白鹿』を別の方法では取り組んでいたといえるかもしれない。これらの詩に限らず、ワーズワスの詩を読むとき「人が奏でる静かで悲しい調べ」(The still, sad music of humanity) を想像力で聞き、悲哀、苦難のただなかで慰めにどれほど触れられるかは、我々読者に委ねられているのであろう。『白鹿』があまり読まれてこなかった理由も併せて考えてみるのも面白いかもしれない。

最後に、この翻訳に当たっては、故国アメリカに帰国されている元同僚のジュリエット・カーペンター同志社女子大学名誉教授に、今回も折々お世話になった。また旧友、畏友バイロン研究の第一人者、龍谷大学名誉教授東中稜代氏には、家が近くということもあり、この翻訳についても折々相談にのってもらい、助けていただいた。持つべきものは良き友で、お二人には感謝しかない。

また本詩の舞台イングランド北部の簡略な地名図は、立命館大学文学部(地域研究学域、地理学専攻)の大学院生藤井義也氏にお世話になった。参照して本詩を楽しんでいただければ、幸いである。出版にあたっては、横山哲彌社長ご夫妻、土谷美知子女史に、通常以上のお手数をかけて忍耐を強いてしまった。本来、夏前の出版予定であったが、私が体調を崩

して、晩秋になってしまった。不備にお気づきの諸氏もおられると思うが、そこはご寛容を願い、ワーズワスが「最高傑作」と主張した本詩が、今後いくらかでも読まれる機会が増えれば、訳者としてはこの上ない幸いである。

2024 年 11 月 吉日
京都 八瀬の麓 上高野にて

訳者紹介

杉野 徹　1942 年生　同志社大学大学院（英文学専攻）文学修士。
　　　　現在　同志社女子大学名誉教授
共・編書　『キリスト教文学を学ぶ人のために』『二〇世紀女性文学を学ぶ人のために』（世界思想社）　児玉実英著『霜を経て楓葉丹なり』、同志社幼稚園創立 105 年記念集『浮雲遊不忘』、『信望愛』（共和印刷）ほか
訳書　　R. サウジー『ワット・タイラー』（山口書店）、『フィリップ・ラーキン詩集』（国文社、共訳）、H.C. ロビンソン『イギリス・ロマン派詩人たちの素顔』（京都修学社）、S. ヒーニー『シェイマス・ヒーニー全詩集 1966 〜 91』（国文社、共訳）、『ウィリアム・ワーズワスのオルレアンの恋』（京都修学社、監修訳）、『飛び立つ鷲　シェリー初期散文集』、『鷲と蛇の闘い　シェリー中期散文集』、『太陽に挑む鷲　シェリー後期散文集』（南雲堂、共訳）、ヒーニー『電燈』（国文社、共訳）、ヒーニー『水準器』（国文社、共訳）、ヒーニー『郊外線と環状線』（国文社、共訳）、ヒーニー『人間の鎖』（国文社、共訳）、ヒーニー『さ迷えるスウィニー』（国文社、共訳）、ヒーニー『アエネーイス第六歌』（国文社、共訳）、『ウィリアム・ワーズワス　英国教会ソネット集』（国文社）ほか
S. ヒーニー作品群訳で翻訳特別賞受賞（2014）

リルストーンの白鹿 または ノーマン家の運命

2025年3月15日　初版第1刷発行
著　者　　ウィリアム・ワーズワス
訳　者　　杉野　徹
発行者　　横山　哲彌
印刷所　　ロケットプリント株式会社

発行所　　大阪教育図書株式会社
　　　　　〒530-0055　大阪市北区野崎町1-25
　　　　　TEL　06-6361-5936
　　　　　FAX　06-6361-5819
　　　　　振替　00940-1-115500
　　　　　email　daikyopb@osk4.3web.ne.jp

ISBN 978-4-271-31043-3　C0098　落丁・乱丁本はお取り替えいたします。

本書のコピー、スキャン、デジタル化等の無断複製は著作権法上での例外を除き禁じられています。本書を代行業者等の第三者に依頼してスキャンやデジタル化することは、たとえ個人や家庭内での利用であっても著作権法上認められておりません。